试管医生手记

八细胞的承诺

刀豆 著

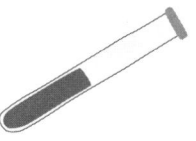

浙江文艺出版社

图书在版编目(CIP)数据

试管医生手记:八细胞的承诺/刀豆著.—杭州：浙江文艺出版社,2021.8

ISBN 978-7-5339-6578-5

Ⅰ.①试… Ⅱ.①刀… Ⅲ.①长篇小说-中国-当代 Ⅳ.①I247.5

中国版本图书馆CIP数据核字(2021)第131910号

责任编辑	张　可
营销编辑	宋佳音
特约编辑	李　想　王雪婷
封面设计	仙境 WONDERLAND Book design
版式设计	吕翡翠
责任校对	许红梅
责任印制	张丽敏

试管医生手记:八细胞的承诺

刀豆 著

出版	浙江文艺出版社
地址	杭州市体育场路347号
邮编	310006
电话	0571-85176953(总编办)
	0571-85152727(市场部)
制版	浙江新华图文制作有限公司
印刷	杭州杭新印务有限公司
开本	880毫米×1230毫米　1/32
字数	183千字
印张	8.5
插页	1
版次	2021年8月第1版
印次	2021年8月第1次印刷
书号	ISBN 978-7-5339-6578-5
定价	48.00元

版权所有　侵权必究

(如有印装质量问题,影响阅读请与市场部联系调换)

目 录

二月
- 19日　为什么生不出孩子的人越来越多 / 1
- 21日　女病人的秘密 / 11
- 24日　故人来此尚踟蹰 / 20

三月
- 1日　相亲对象居然想跟我做朋友 / 40
- 10日　染色体平衡易位的奇迹 / 46
- 15日　不孕的夫妇各有各的艰辛 / 52

四月
- 8日　卵巢早衰偏逢意外 / 66
- 15日　不上麻药,有多疼 / 70
- 22日　你在跟谁赛跑 / 74
- 23日　生殖科医生是医院最八卦的医生 / 76
- 26日　这种事竟然还需要帮忙? / 81
- 27日　哪儿还有心思做那事儿啊 / 86

五月
- 4日　不想配合 / 90
- 5日　医疗事故,谁之过 / 92
- 7日　负能量 / 98
- 14日　有人向我开价几百万生男孩 / 100
- 16日　认知误区 / 106
- 17日　第一次 / 109
- 25日　造化 / 114
- 26日　谁说为人父母者,不需要经过考试? / 117
- 28日　人人都需修炼 / 122

六月

- 1日　教实习生做小白鼠实验 / 133
- 6日　小鼠胚胎生物监测 / 137
- 10日　几家欢喜几家愁 / 140
- 14日　实习生的新任务 / 148
- 18日　小鼠实验继续 / 151
- 28日　喜讯与噩耗 / 153

七月

- 1日　实习生拜拜 / 156
- 6日　不能承受的男人之痛 / 159
- 20日　堪比五星级大酒店 / 162
- 23日　室长感悟 / 165
- 30日　生殖科医生聚会时谈什么 / 170

八月

- 28日　幸运还是不幸？/ 179

九月

- 17日　市场需求 / 185

十月

- 9日　日常，日常 / 190

十一月		
	8日	生殖科病人的特点 / 194
	25日	两件事 / 201

十二月		
	1日	大师姐的一夜 / 203
	15日	宝物在手 / 208
	20日	众生皆苦 / 209
	26日	借口 / 214
	29日	香港之行 / 217
	30日	你想好了吗 / 221

一月		
	1日	年岁痴长 / 225
	7日	日常操作记录 / 228
	20日	秘密暴露 / 231

二月		
	3日	生育保险 / 238
	5日	和解 / 245
	10日	做的哪门子的实验 / 249
	10日	信 / 255
	11日	尾声：八细胞的承诺是什么？ / 262

后记 / 265

2月19日
为什么生不出孩子的人越来越多

才过完年,我们科的"生意"又开始逐渐恢复了。

护士补小花带领着一众护士,热火朝天地给每个诊室的门口都贴上了喜气洋洋的春联。

中规中矩的"医护同工一心除病痛,中西团结协力保安康""济世良方祛邪扶正,回春妙术固本清源"归我们科室两个主任的诊室。

我和大师姐交替坐诊的那间门框上却贴着"天时孕育麒麟子,地利滋荣德善门",横批"兰馨征瑞"。补小花摇头晃脑地解释道,因为我和大师姐都是女医生,她觉得"兰馨"两个字一看就知道这里坐诊的是美好的女子。

嗯,勉强笑纳。

我们科的病人,不像别的科。比如一个人连续几天感冒发烧到39摄氏度,他一定会火急火燎地挂呼吸科,比如一个人吃饭被鱼刺卡住了喉咙,他可能一个晚上都撑不住,半夜就会挂急诊。还有许许多多耽误不起的病,如外伤、腹痛、心梗、脑梗、食物中毒……病人是等不起的。

而我们科的病人,等等不会有生命危险,不但能等,而且更多的时候,她们不得不等。

好多医生羡慕我们科。

我一个同学说羡慕我钱多、事少、技术含量低,不用救死也不用扶伤,还不用值夜班,手术嘛都是些小手术,好轻松啊!

似乎我捞到了医院里最大的便宜。

我脑中争先恐后地跳出若干弹幕,嘴上却不知该说什么才好。

我是生殖科的一名医生。

当年第一次来到生殖医学科轮转实习的时候,看着堵在我们主任门口里三层外三层乌泱泱的一大群人,我,作为一个应该冷静、自持、淡然的医生,目瞪口呆。

原来天下真的有那么多生不出孩子的女人。

各种年龄、各种体形、各种肤色、各种颜值、各种受教育程度,都面临着同样一种人生困境——生不出孩子。

作为一名生殖科医生,总有人问我这个问题:为什么现在不孕不育的人越来越多?包括我老妈,在家也会时不时感叹:唉,现在咋那么多人不会生呢?想我们那时候多容易啊,自己什么时候有了都不知道,一去医院就查出来怀了,怀孕时还干活呢。什么产检呀什么叶酸呀,听都没听过,生出娃来不也是健健康康、聪聪明明的吗?这本应该自自然然、顺顺溜溜的事情,怎么会成为个大问题?

每次,我都秉着普及基本医学常识,灌输正确、科学生育观的良苦用心,跟我妈卖萌:"如果你提前准备,按时产检,我可能会长得更好,颜值更高,脑子更聪明。"

飞快地换来我妈一个悠长而有力的"屁"字。

今天上班前,她一边给我打着豆浆,一边又在嘴里碎碎念。

我又好气又好笑,截住了她的话,说:"我问你三个问题。"

在豆浆机沉重又洪亮的轰鸣声中,我以一名专业医生的架势,气势汹汹地展开了三连问。

"第一问:你们那个年代,环境污染有现在严重吗?"

我妈马上说:"没有,但是当年的生活条件也没有现在好啊。当年我们都吃什么啊,吃个鸡蛋就已经很不错了,哪像现在,我看到处都是广告啊,吃燕窝啊,吃维生素啊,各种吃。我们当年吃什么了?小孩儿不也长得挺好……"

我无奈地打断了我妈的感慨,反击开始第二问:"说到吃,现在的食物确实是丰富了,生活质量确实是提高了,但你们那时候的东西有现在不靠谱吗?你们那时有毒奶粉吗?有苏丹红吗?有三聚氰胺吗?"

我妈撇撇嘴,脸上显出不服气的神色:"是没有啊,现在有又怎么样?大部分人不是也能顺利生孩子吗?"

我拖长了声音,娇嗔道:"妈——,如果大部分人都生不出孩子,那么人类就要灭绝了,而如果所有女人都能顺利怀孕,你女儿就没饭碗啦。你说你喜欢哪一种结局?"

我妈倒不好意思起来:"是啊是啊,要都能生,你们科也不必存在了。"

我乘胜追击第三问:"你们当年晚上熬夜吗?当年有网络吗?大家晚上吃完饭散会儿步就睡了吧?现在每天熬夜的年轻人有多少?熬了夜拿着手机点外卖的年轻人又有多少?夏天哪家不是喝冷饮吹空调?多少年轻白领在高楼大厦的办公室里工作,个个穿得光鲜亮丽,但是夏天办公室冷得像冰窖,人出不了汗,冬天办公室热得人直冒汗,人的整个生理系统都被打乱了。要不说怎么现在不孕不育的比例节节升高呢。再有,现在的小孩儿,性生活开始得多早啊。我们读书那会儿,牵个手都是了不得的大事,现在呢?就我们医院的妇科,时不时听到还没长熟的小女孩儿去堕胎的事儿,你说要等这帮小姑娘长熟了,还得好几年,就照她们这个频率,真到她们怀孕生子的当儿,这子宫内膜得有多薄?到时候吧,运气好的能怀;运气不好的,就是到了我们科。如果子宫环境不好,做了试管也不见得可以顺利当妈。"

一说到这样的话题,我瞬间就能变为人生导师,忍不住谆谆教诲起来。我一边熟练地剥着煮鸡蛋,一边发着洋洋洒洒的长篇大论,完全没注意我妈的脸色由晴转阴,又由阴转晴。她表情变幻莫测,嘴角浮出一丝奸笑:"哟,道理你倒是清楚得很嘛,我看你还差一条,现在的人结婚多晚哪。我在你这个年纪,你都已经念小学啦,你呢?都已经三十的人了,连个男朋友的影儿也没有,还成天操心你的这个病人怀不上啦,那个病人生不出啦。你妈我虽然不是大夫,但是也知道,这女人过了三十再怀孕,就是妥妥的高龄产妇。你说说你,就是今年能火速找到男朋友,谈一阵,年底结婚,等到再怀上生下来,最快也是明年。明年——明年你就三十一了!你好些初中高中同学,都结完了吧?有的是不是二胎都生完了?不是我说你,年岁不等人,其实当年你跟小肖……"

眼看话题又转到了我深恶痛绝的单身大轰炸和我一塌糊涂的罗曼史,我后悔不已。真是闲得没事,干吗跟她科普呢?结果城门失火殃及池鱼。我赶紧三两口把鸡蛋吞进嘴里,一边伸手穿上最近网购的薄荷色羽绒大衣,一边伸手拿包:"妈,我着急上班,豆浆不喝了啊。"

我妈追到门口:"嘿,你这孩子!我才看的一篇朋友圈的文章,喝豆浆能减缓卵巢老化,你快喝了再走……"

朋友圈的养生文真是遗祸不浅,我一边把脚蹬进黑色靴子,一边不要命地继续科普:"放着家里医生的话你不听,你去看啥朋友圈?妈我告诉你,朋友圈里的养生文几乎都是伪科学!还有,就我们生殖科的医生来看,三十不算高龄产妇,超过三十五才算高龄产妇。"

说完,我一溜烟地跑到电梯口,耳边似乎仍然响着我妈的唠叨:"嘿,你这孩子……"

今天这个病人,比我小,二十七岁,卵巢早衰。她的B超单显示,卵巢明显萎缩,基础卵泡极少,子宫偏小。雌激素复查了几次,都远远低于正常值,之前来看过几次,今天确诊了。

我们主任走到哪儿,她就跟到哪儿,手里死死攥着她的化验单,满脸的倔强。主任回来了,她也端端正正地坐在我们主任面前,也许是因为刚才跑得急,耳朵上戴着又长又直的耳环,荡起小小的秋千。

气质、身材俱佳,大美女啊。可惜了。

"陈主任,有没有可能是这个月我比较忙比较累,状态不好,所以导致这个结果?"

我们主任无奈地摇摇头。

"不可能啊。我不可能得这个病。我们家谁也没有这个病。我妈也没有,我妈怀孕可顺畅了。"

主任欲言又止。

旁边我的小师妹反倒叽里呱啦说开了:"你这个病以前少,现在也不常见,不过比以前见得多了,我们也时不时能遇到。"

看到小师妹搭理她,她像抓住了一根救命稻草:"那我能好吗?"

小师妹还想说话,被主任拦住了,主任和颜悦色地问了句:"你妈妈生你时,比较年轻吧?"

"二十一岁。"

"是啊。如果你也二十一岁生孩子,可能",主任斟酌着词句,加重了"可能"两字的语气,"可能——不会遇到这个问题。你现在这种情况,不妨考虑下试管婴儿。"

她半天没说话,一张口,满脸痛苦的神色:"我不接受。"

小师妹嘴快:"不管你接不接受,已经是这样了。你做试管婴儿,还有一线希望;不做,自然怀基本没可能。"

她还是咬死不接受,声音中隐隐带着哭腔:"我不接受。"

小师妹还是太年轻了。有的时候,医生告诉病人一个结果,并不意味着病人要全盘接受。病人不接受,有时候并不是不相信你的诊断,她只是不相信,自己会遇到这种倒霉事。经过了医学多年的洗礼,各种病人就算没在现实中见过,也在书本上遇到过,对我们来说,都是非常平常的病例。

比如说今天,对于我们医生来说,是很平常的一个工作日,但是对于病人,也许就是她的命运审判日。

她愤怒,沮丧,难过,不接受,哀叹老天不公,为什么偏偏挑中了她?

她接受不了的,是人生的意外。

将心比心,如果我赶上这事儿,可能也不能接受。病不请自来,就这么莽莽撞撞、蛮横无理地打乱一个人的生活节奏,改写一个人的命运,换作是你,换作是我,在知道不幸的一瞬间,真能保证即刻就能够坦然接受吗?

不要站着说话不腰疼。

每个人都能接受人生中幸运的意外,彩票中奖,貌美如花,聪明伶俐,这些在人群中发生的概率极小的幸运事件,大家不仅接受,没准还得意扬扬,认为自己得到了上天的眷顾。

上天的宠儿谁不愿意做?

但是不幸的意外呢?卵巢早衰在小于四十岁的女性中的发生率为百分之一,小于三十岁的女性中的发生率为千分之一,看数字似乎是一个小概率事件,可一旦遇上,就是个人的百分之百。

命运有时就是掷骰子啊。

还没等我们感慨完,又进来一个病人,主诉结婚四年,从来没有怀上过。

这个病人性格比较活泼,在我们当地的一所中学当老师,没等我们问,就自顾自地说起来了:"一开始对生娃这事,我也比较不上心哦,带高中很忙的,然后我结婚两年了都没怀过孕,我还以为是自己的措施做得滴水不漏——"

大家忍不住都笑了起来。

"前年我们准备认认真真要孩子,事情就开始不顺利。一开始,是我被狗咬了,"她不好意思地笑笑,"反正又避孕了几个月。后来要了没两个月,我老公又摔了一跤,不小心腿上扎了钉子,打了破伤风针。家里人都无语了,说打过针不能要,要了怕出问题,好嘛,那就又避了几个月。后来他又各种出差,反正我们就没有认真要。再后来去年,哎呀,家里人各种问,学校里同事各种问,连学生都来问我什么时候要宝宝,压力实在太大了,就开始认认真真地要孩子,测排卵,量体温,反正就是各种。一开始以为很快能怀上,结果试了快一年,还没中。这不,觉得还是来看医生靠谱。"

这个病人又补充了一句:"哦,对了对了,我拿排卵试纸测排卵,总是测不到啊,我怀疑是不是有啥大问题。"

主任笑而不答:"你今天月经第几天了?"

"第四天,还没干净呢。"

"那正好,现在去做一下B超。"主任简短吩咐道。

"现在吗？不是说B超要月经干净才能做吗？"病人有点疑惑不解。

"现在，"陈主任笃定地说，"就要现在做，正好看清楚基础卵泡什么情况。"

过了一会儿高中女老师就拿回来了B超单子，小师妹凑过头去看了一下，脱口而出："果然如我所猜，PCOS啊。"

我哀叹一声，我们科的病人一听到新名词就会逮住不放。果然，女老师急急问道："大夫，你们说的什么我没听懂，啥叫PCOS啊？"

小师妹说："PCOS是多囊卵巢综合征。这种病是卵巢出现了多囊样的病变，有很多症状。"

女老师一脸不解："什么症状？"

"症状多了去了，"小师妹如数家珍般，"有的人卵泡很多，但是质量不高，没有成熟卵泡，这种人可能就没有排卵；有的人有排卵，但是是空卵泡；有的人是月经不调；有的人是毛发特别旺盛……"

小师妹讲起来滔滔不绝，主任打断了她："不要说那么多，吓人。不着急，我们先看看情况。"主任问了女老师的月经周期，简短说道："你过几天再来做B超，看下卵泡发育情况。到时再说。"

小师妹朝我吐了下舌头。

中午吃饭时，小师妹疑惑不解："陈主任，上午那个PCOS，为什么你不直接建议她进一步地检查，或者是建议她做试管啊？"

主任在人声鼎沸的食堂里对我们进行了一番思想教育,中心思想归纳如下:我们科的病患,精神痛苦远大于身体痛苦。医生先有仁心,后有仁术,除了在检查治病过程中减轻病人肉体上的痛苦,精神痛苦也要关注。对病人说话别说满,比如PCOS患者,卵泡比普通女性多,很少有优质卵泡,比较难自然怀孕,但是临床上也会不时出现自然怀孕的患者。

陈主任总结陈词:生殖医学,其理论艰深广阔,其技术先进精妙,我们只有永远抱有一颗不断探索、谨慎又开放的内心,才能当好合格的生殖科医生。

小师妹头如捣蒜,米饭含在嘴巴里几乎忘了吞咽。

陈主任这种长篇大论,这几年来我不知听到过多少次。我心里偷笑,默默扒饭。今天食堂的糖醋排骨还不错,甜而不腻,下周可以再买一次。

2月21日

女病人的秘密

今天谭主任有几台取卵手术,我负责打下手。

一大早,罗护士长就已经在手术室里的小白板上排好了手术顺序,白板上工工整整地写着"8:36×××(病人名字),9:08×××(病人名字)9:52×××(病人名字)……"一直排到了12点。

在医院庞大的鄙视链中,别的科的人看不上我们生殖科的手术。

我们也门儿清。

医院的鄙视链挺有意思的。

就不提什么眼睛鼻子长得最高的脑外科和心胸外科了,反正在他们看来,其他科的手术都没什么难的。曾经一个泌尿外科的男医生想追我,他认为我跟他极其相配,百分之一百二的合适,一个管阳,一个管阴,天造地设,但是他们科的档次明显高于我们科,因为他们是人之根基所在。哎哟我去!真是吹牛不打草稿,还大言不惭地说什么一个管阴,一个管阳,外人听来还以为我们一个阎王爷,一个玉皇大帝呢。

还曾有肛肠外科的医生告诉我，并不是每个生不出孩子的人都会来找生殖科医生看病，但是每个人一生中几乎都会被他们肛肠外科医生捅一次"菊花"，所以不要看不起他们的屎尿屁。我说，我们哪儿敢看不起肛肠外科，就我们南城人民这种无辣不欢的饮食结构，麻辣小龙虾、糟辣酸汤鱼，连吃碗面都得加一勺红油辣子的地方，你们科有望承包整个南城人民的"菊花"，没准哪天我们全医院医生的"菊花"都能落你们手里，还望到时温柔一点。

又有妇产科医生说，咱们都是看女人的毛病，但我们科还有点手术，你们生殖科的手术，呵呵，好意思拿出来说吗？

我……甘拜下风。

我们科的两个主任，一个谭主任，一个陈主任，一高一矮，一瘦一胖。我第一次见到他俩时，心中不自觉地浮现出了陈小春版《鹿鼎记》里瘦头陀和胖头陀的形象。他俩是我们科的两个宝，女医生也好，护士也好，都喜欢跟他们搭班。

我们背地里管他们叫"生殖双雄"，据说女病人管他们叫"送子观音"。

今天我跟谭主任搭班，在手术室门口见到时他就招呼我："小梁，今天手术的音乐准备好了没有？"

谭主任也是个神人，出身于中医世家，名为谭甫谧。护士补小花曾无比羡慕地感叹过："我查过谭主任的名字，源于皇甫谧，那是名医，针灸鼻祖，三国时期的。看看人家的名字，说老实话我连'谧'字都不认识，我以为念'yì'。这名字一看就是文化人，就不一般,再看看我的名字,还能更土吗?"

旁边的小师弟郁闷地说:"你的名字好歹正常,无非就是个普通人的名字。咱们科,甚至咱们医院,谁能有我的名字尴尬?也不知道当年爹妈咋想的,我堂堂一名男生殖科医生,居然叫宫瑾。南城这里人普通话不标准,把前鼻音念成后鼻音,硬生生地把我的名字念成宫颈。那天我还看到好几个病人站在我们科门口挂着的照片前嗦嗦笑,对我指指点点呢!"

补小花打趣道:"我反而觉得你的名字可好了呢,你爹妈给你取了宫瑾这名,是希望你成为一名高尚的、纯粹的、有道德的、脱离了低级趣味的、有益于人民的男生殖科医生。你就命中注定是男生殖科医生,如果你不幸没有成为生殖科医生,那你也必将是一名光荣的男妇科医生,要不然也会是清新脱俗的男产科医生。总之,你这辈子跑不了,妥妥地跟卵巢、子宫、宫颈杠上了!"

大家哄然大笑。

再说回谭主任,他一口气读到了生殖医学博士,除了医院里的这些工作,现在还是附属医院的研究生导师,小师弟就是他的直系学生。谭主任不仅业务能力精湛,还有中医世家的背景,能够把中医与试管婴儿技术结合起来。他的号,简直一号难求。每次网上一放号,五分钟之内就没了——手慢无。

大牛就是大牛,连做手术的习惯都与众不同。每次取卵手术,我们麻醉师把病人麻翻了后,他都会通知我们放音乐,音乐必是古典乐。护士补小花那备有一个播放清单,我瞄过一眼,隐约记得有什么巴赫的《G弦上的咏叹调》，柴可夫斯基的《船歌》，还有各种协奏曲、小夜曲、奏鸣曲，反正就是一个长长的古典音乐清单。

谭主任有他的一套理论，他发自内心地认为，男人和女人需要谈恋爱，需要罗曼蒂克，精子和卵子也一样，也需要谈恋爱，也需要罗曼蒂克，这样才能够结合得更好。他经常挂在嘴边的一句口头禅是"没有爱的受精卵，不是好的受精卵"，他认为有了爱，这些小宝贝才能尽最大可能分裂成颜值高、形态优美、质量高的八细胞胚胎。

在我们生殖科干活最怕什么？乌龙。

今天的女病人一躺在手术台上，补小花就神经兮兮地先核对了一遍："你叫什么名字？你老公叫什么名字？最后一次B超，你有几颗卵泡？"

谭主任进来前，我核对了一遍。

谭主任进来后，他又亲自核对了一遍。

如果还有错？——那是不可能的！

悠扬婉转的小提琴声洋溢在手术室里，无影灯的白光如月光般温柔地照射在手术室里每一个人的身上。手术台上的病人已经沉沉入睡，长长的取卵针穿过潮湿而隐秘的甬道，穿过子宫，到达卵巢，包裹着卵泡的卵泡液被取了出来，小心翼翼地倒在培养皿中。手术室一面的墙壁露出一小扇窗户，连接着IVF（体外受精）实验室，那里有无数静静等待着破茧而出的生命。隐隐传来抽风机的轰鸣声，培养皿被轻轻地放在了小窗台子上。

一双手伸过来，把写有名字的培养皿接了过去。

这个患者取了十二颗卵泡，还不错。我默默地在心里预祝她能够取得好成绩。

一曲完毕，音乐恰到好处地停了，患者被护工大姐麻溜地推了出去。

第一个病人才推出去，第二个病人又被推了进来。

照例是补小花打头炮，一番"兔乌龙"询问。

我驾轻就熟地撑开鸭嘴钳，消毒，铺孔巾，告诉谭主任准备好了。

麻醉师小赵也已经静静等在旁边。三、二、一，病人睡着了，音乐响起，大家相视一笑，又到了小家伙们谈恋爱的时间了。

探针缓缓进入，病人卵巢内的图像清晰地映在了显示屏上。

谭主任看了一眼图像，又看了一眼，他紧紧地盯着屏幕。

我的眼睛也紧紧地盯着黑色的显示屏。图像在显示屏上微微抖动，黑白相间的光亮图形显现出了狰狞的模样。我心里咯噔一下，糟了。

沉默如乌云般笼罩了手术室。

过了许久，补小花瞅了瞅我，又瞅了瞅主任："谭主任，准备开始？"

谭主任缓缓把探针抽出，说道："开始不了了，小梁，等下你去门口问一下家属，看下啥情况。小补你们几个，让病人尽快醒来吧。"

我的眼睛看向了妇科鸭嘴钳撑开的幽长甬道，那里隐藏了

女病人的秘密

一个女人最深的欢愉,也隐藏了一个女人最深的罪恶。

我朝谭主任点了点头。

补小花不死心地问道:"谭主任,你跟梁医生猜什么谜呢?"

我起身看了看仍旧躺在手术台上的年轻女人。她还没有醒过来,呼吸仍然均匀,白皙的脸庞,正蓝色手术帽下是精心修过的柳叶眉,卷曲的眼睫毛显得整张脸俏生生的——真是名副其实的睡美人,可惜她即刻将被唤醒到残酷的现实中。

她的情况,没有比我们更清楚的了。在遇到丈夫之前,她曾经三次流产,因为多次流产导致子宫壁较薄,宫腔粘连,外加双侧输卵管堵塞,无法自然怀孕。因为宫腔粘连塞了球囊,球囊也是在我院取出的。这次采取的是长效长方案促排,最后一次B超显示有八个卵泡,形态良好,排列有序……

来不及摘下手术帽,我快步走向门口。手术室的门自动开了,穿过长长的走廊,一扇淡灰色的门隔开了两个世界。我略一用力门就开了,走廊里都是等候的家属。

"请问,××家属在吗?"

略嘈杂的人群安静了两秒钟,又恢复成了医院里家属既克制又不安的交谈声。一阵凌乱的脚步声传来,一个男人蓬乱着头发出现在我眼前。

"医生你好,我是××的家属。"

我冷静了一下,心里快速地组织语言,简短说道:"我是今天的手术医生。非常抱歉告诉你,今天手术失败。你的妻子的所有卵泡,已经提前排掉了。"

可怜的丈夫嘴微张,眼神空洞,好像没有听到我说了什么。

我继续通报病情:"由于情况特殊,我们需要查找一下原因。请问,最近两天你跟你妻子同过房吗?"

这年轻男子像被蛇咬了一口,血液快速冲向他的双颊,毛细血管隐隐可见,大声说道:"这个时候,怎么可能那个?没有!——绝对没有!"

我艰难发声:"你们有情况不要隐瞒医务人员,有没有同房,我们一看便知。"

他不受控制地大声嚷嚷,双手挥舞,仿佛觉得用尽力气就可以把这个结果赶跑,语气斩钉截铁:"没有!医生,我没有!"

我深深吸了一口气,还是告诉了他:"经检查,你的妻子阴道有轻微撕裂和红肿,宫颈口也比较红,最近两天内,她肯定有过性生活。出现这种事情大家都很遗憾,但是发生了就是发生了,事实就是事实,怎么否认都没有用。"

他脸上的红蔓延到眼睛里,整个人像拉直的弹簧,绷得紧紧的,突然间身体又软下来,弹簧松了。他往左,往右,歪东倒西地跟跄了几步,无可奈何地一笑:"医生,我说的是我没有——我跟她真的没有那个。"

我叹了一口气,折身返回手术室。女病人已经被补小花她们几个提前叫醒,估计谭主任已经告诉女病人发生了什么事,她的脸上显出一种迷茫又无助的神色。

"你们最近同房了吗?"我再次确认。

"没有。我们没有。"她刚从麻醉中醒来,人还很虚弱,声音

女病人的秘密

几不可闻，但仍然下意识地急急摆手否认。

两行泪水不受控制地滑落在她的腮下。

虽然在生殖科混迹多年，这种事情我还是第一次遇上。生殖科的病人病程漫长，所受的精神痛苦非常人所能理解，一般临到取卵前，我们科以补小花同学为首的护士们交代注意事项时，都是自己说一遍，还让病人复述一遍，特意交代不要跑，不要跳，不要做危险的事情比如搭乘摩的，不要做一切剧烈运动。这姑娘……简直恨铁不成钢，我长叹一口气，低声说道："回家好好跟你老公解释解释吧。"

我们小心翼翼地把她搬上推车，护工大姐把她推了出去。

中午吃饭时，护工大姐说她在走廊里喊了很多遍家属也没一个人答应，她老公完全不知踪影。

小师妹一脸不屑："哎，要我说啊，她也是自作自受。交代来交代去的，其他病人都小心谨慎得过度，今天还有人问我，能不能爬楼梯，我只好又说一遍正常生活就好，避免剧烈运动。她倒好，什么时候偷情不好，非得拣着这个时候？简直了，no zuo no die（不作不死）。师姐，你说这人是不是不太靠谱？"

我忙着吞咽，点点头。

补小花脑洞大开："如果她做试管是因为她老公的问题，而她自己完全没问题，这次弄那么一出，肚子里同时排八个卵，那一次怀八个孩子的可能性有多大？"

我忍不住敲了一下补小花的小脑袋："补小花啊补小花，哪有你这么计算的？没有如果，真的发生了那就是危险至极。人又不是老鼠,哪能一次生那么多?"

补小花不服气地嘟着嘴:"我就是说说嘛,现实生活中有这种可能性的呀,没准再工作几年,我们就能遇上。万一她真的怀了生出来了,那我们科岂不是要上头条!"

补小花这丫头开启嘴炮模式真是无人能敌。

我扒拉着没滋没味的饭粒,耳旁飘来小师妹义愤填膺的声讨、补小花的唠唠叨叨。真是两只小苍蝇啊,钻进我的左耳,又钻出我的右耳,麻痒痒的。我就纳闷了,忙前忙后一上午她俩不累吗?真是精力充沛啊。

2月24日
故人来此尚踟蹰

一大早就遇到"不速之客"。

前任带着他的老婆来看病——挂的还是我的号。

一看见前任我就愣住了,前任也愣了一下。

人生何处不相逢。

我突然反应过来,我的号在我们医院挂号系统里根本没有显示名字——小医生,无名之辈,只有像陈主任和谭主任这样的大牛才有名字。估计如果知道是我坐诊,前任就算延迟一个月看病也不会挂我的号吧。

我苦笑了一下,瞬间启动高冷女医生模式,问话简短直接:"说说,哪里不好?"

前任的现任长得娇小可人,圆圆的娃娃脸,蓬蓬的白色短款羽绒服,看着像才毕业的大学生。我翻了翻她的病历,她叫刘芸,比前任还大三岁。刘芸开始陈述病情,原来她小时候同她妈妈遭遇了一场严重的车祸,她的妈妈没有抢救过来,她也身受重伤,九死一生活过来后,当年就发现子宫和附件受损。

我表情复杂地看了前任一眼。

刘芸面含愧疚地说："医生，请你帮帮我，我老公没有问题的。我们特别想要孩子，全是我的问题。我们结婚四年了还没有孩子，真的等不起了。"

尽管内心对她是同情的，可我仍然冷冷地说："男方有没有问题不是你说了算，要从检查结果来判断。"

前任表情复杂地看了我一眼。

刘芸把前任的精液检查报告递到我面前，原来他们之前就做了相关检查。我冷笑，没想到这家伙的精子质量还真不错，精子活力达到百分之七十了，真看不出来他那么精力充沛、活力实足。

我翻着刘芸厚厚的一沓检查单，像阅读一本自己不应打开的书，心里叹为观止。这哪里是病历，这简直是一个女人的史诗，各种B超单、化验单、检查报告。在这几年，她做过不计其数的检查和治疗，输卵管造影检查、输卵管通水术、宫腹腔镜联合手术，仅是修复子宫，就做了三次手术。据目前的结果看，可能是由于经历过车祸的创伤和炎症的感染，输卵管有一边已经切除，另一边的伞端也有一些堵塞，子宫修复后形状不太规则，不过大的问题倒是没有。

我一边翻着，刘芸一边说着这些年她经历过的各种检查。原来除了各种检查和手术，这两口子还试了各种民间偏方，中药都吃了两年，估计这姑娘为了怀上孕连命都舍得，连灌肠都试了。

我简直听得目瞪口呆，试想如果是自己，绝对做不到。实在按捺不住好奇："肠子又不是生殖系统，好端端的，你灌肠干什么？"

刘芸不好意思地笑笑："有一起看病的姐妹跟我说,灌肠有助于输卵管的通畅,也不知道是什么道理,我想别的苦我都试过了,灌肠我也不怕,反正没什么坏处。"

我无奈,表情复杂地又看了前任一眼。

前任眼神躲闪,不发一言,耳朵却竖得直直的。

我心里暗骂一声,嘴上却说道："你的部分检查不用做了,如果你们确定要做试管的话,还有一些激素类的检查要完成。下一次,在你见红的第一二天来医院,空腹抽血,如果没有什么问题就可以进周了。"

"OK,进周我知道,"刘芸自豪地说,"就是到时如果我没有什么问题,就可以开始打针了,是吗？"

"对。"我挥挥手,朝门口叫道,"下一位。"

我的前任和前任的现任开了个好头,今天又收治了好几个计划做试管的新病人。大师姐曾说过,小师妹一来我们科,我们就开始哗哗收钱,真是名副其实的招财猫。

看了一上午病号总算结束了,我眼睛发酸,拿着保温杯到了走廊。一个熟悉的身影站了起来,熟悉的男低音响起："丹妮,中午一起吃饭？我们聊聊。"

我和前任对坐在医院附近保利国际的一家简餐厅里,白蓝相间的桌布上放着透明的水晶花瓶,一枝鲜艳的红玫瑰插在里面。我看着碍眼,让服务员把花收走了。

前任的第一句话是："你是不是特看不起我？你是不是觉得

像刘芸那种情况,我就不该让她生孩子了?估计我就是你当年最恨的那种男权分子,成天逼着媳妇儿生孩子的那种男人。"

我无奈地笑笑:"我现在谁也不敢看不起。"

前任半天没有接话。

餐厅有点吵,旁边桌是一对情侣,两人不知道聊了什么特别开心,笑得我脚下的地板都在颤动。

我打破了沉默:"你们俩什么时候结婚的?"

才问完我就自觉失言,今天看病他媳妇儿不是告诉我了吗,他们结婚都四年了。

"你媳妇儿呢?你跟前任吃饭,你媳妇儿不生气?"我左顾右盼,用问题来掩饰尴尬。

前任漆黑的瞳仁盯着我,回答却风马牛不相及:"丹妮,那么多年过去了,你一点都没变。"

我拉下脸来:"别跟我扯这些有的没的。你媳妇儿到底在哪儿?别到时候你媳妇儿突然冲过来甩我一巴掌,诬陷我是小三儿什么的,我可不担这名儿啊。"

他抬手给我的杯子里添满水:"丹妮,你结婚了吗?"

我没好气地翻他一个白眼:"嫁不出去,没人要。你是不是特满意?"

前任笑了,不知是不是我的错觉,我竟觉得他笑得宽容且自持。"丹妮,其实你我都知道,我们都希望对方幸福。刘芸开婚纱店的,影楼,她听说我们是同学后特别高兴——我没说我们过去什么关系,"他把手合拢,"你别打断我。没必要说,今天见了你,我更觉得没有必要,过去的都过去了。她说不知道为什么特别信任你,觉得你特别认真负责,她就觉得,突然有了希望,以后就认准了你了,以后就一直挂你的号,一直找你看。今天找你吃饭也没别的,就是想了解下她的病情。"

我的声音不受控制地变得冷起来:"这个就没必要了吧。我们市里那么多家三甲医院、妇幼保健院都有生殖科。OK,就算你认准了我们医院,我又不是什么名医,也不是什么专家,放着我们院那么多专家你们不看,盯着我这个没名没姓的小喽啰干什么呢?"

"丹妮,"前任的声音变得更加低沉,"我知道你是什么样的人。六年前我跟你求婚,你不肯,一门心思要去香港读博。我说我愿意等你,你说不要我等。你当时有多决绝,你知道吗?当然,我们就是现在常说的三观不合,我要家庭,你要事业。刘芸跟你不一样。她从小失去了母亲,对完整的家庭特别渴望。我知道你看不起我,以为我逼着她生孩子,其实并没有。我跟她在一起时,我就知道她小时候的事,跟她结婚时,我甚至已经做好了去抱养的打算。

"现在做试管,是刘芸主动提出的,她就是特别渴望家庭的女人。你看不上这种人,至少以前是。当然,现在看来你做得对,没有跟我结婚。我在想,可能我们当年结了,今天也离了。"

我喝着冰水,听着前任在我面前回顾我多年前的决定,有一种超现实的感觉,心想:他说得没错,如果当年结婚,现在不知离了几百遍了。

前任继续回顾往事:"你知道吗,我特别佩服你,从学生时代起我就佩服。还没跟你在一起时我就知道,你跟很多女生不一样,但具体怎么不一样,我也说不清。后来跟你在一起后,我知道了,你从来都目标明确,执行坚决,知道自己要什么,知道了就勇敢地去追求。当年的事不提了。我今天约你吃饭,只想说,我知道你是什么样的人。当年你还在读临床医学的时候我就知道,如果你当医生,就一定是个好医生。我只是没想到有一天会来找你看病。刘芸——我媳妇儿,她就是觉得你沉静思考的样子很可靠。你说为什么?直觉吧。她愿意信任你,我也愿意。也请你抛开所有顾虑,继续当我们的主治医生。"

他的瞳仁仍然像少年时那般漆黑,却更深邃。这些年他经历了什么?我不知道,跟我也不再有关系。但是他提起现任,说出"我媳妇儿"的时候,我的心还是莫名其妙地像被蜜蜂蜇了一下,一下子收紧了。

我跟他的过去已经被时光掩埋,我定了定神。现在的他,只是一个病患家属,而我,是他们选中的主治医生。

我站起来冷冷地说:"既然你们一定要让我当你们的主治医生,那我们就公事公办,你们就是我的病人,我就是你们的医生。病我会看,饭我不会再吃。治疗方案,如果我拿不准的,也会跟我们主任商量。回去让你媳妇儿多休息,适当散步,加强营养。就这样,我先回医院了。"

前任张了张嘴,还想说什么,又收了回去。

日历上显示今天是立春,但是天空十分阴沉,天色是墨黑的,风一刮,格外地冷,我裹紧了羽绒服。人生真是充满了奇怪的讽刺,我竟然要开始指导前任和他的现任怀孕了,而且大家都心无芥蒂。

我还真是人生导师啊。

在生殖科待久了,面前站一病人,我一眼就能辨认出哪些是新病人,哪些是老病人。做试管的女人,几乎每次来医院都要经历各种妇科检查,B超、抽血、打针,一般都会穿方便穿脱的衣裤。有的女人,做了一次又一次,没有成功,更没有心思打扮了,穿着睡衣就来看病了。

所以当那个卵巢早衰的病人再一次出现时,大家都眼前一亮。

她外披今年流行的焦糖色羊绒大衣,脖子上系一条白色羊绒大围巾,脸上画的淡妆,高挑的个子,举手投足有一种引人入胜的优雅。当她出现时,护士们都忍不住频频偷看过来——她打扮得也太不像试管病人了。

她今天挂了我的号。病历本上填着娟秀的隶书,像印上去的字帖。姓名:梵娜,年龄:27,职业:画廊工作。

我微微一笑,搭讪道:"梵·高的梵啊,这个姓不常见。"

"你画什么画的?"我问。

"油画。"

"也跟梵·高一样?"

她的语气也轻快起来:"是啊,我从小学习油画。"

我唰唰地给她开着检查单,厚厚的一沓,嘱咐她要注意营养均衡、放松心情,下个月根据检查结果再给她定具体的治疗方案。

她突然开口问道:"医生,你说我卵巢早衰,跟我学画画有关系吗?"

我想了想,油画的味道想来很大,她长年接触颜料,说不好真是什么有害物质影响了她的卵巢,但是直接这样告诉病人,说你现在的不幸,是你过去的选择造成的,未免太残忍了些。我思量了下,开口道:"也许有。不过备孕期和孕期,确实应该避免有害物质的接触,建议你暂停几个月。"

她说:"医生你放心,我已经辞职了。"

看来仅仅过了两天,她就接受了人生的"意外"。

我有一点佩服她,像她这样迅速接受现实的病人可真不多。

对于卵巢早衰的病人来说,随着时间的流逝,情况只会越来越严重,可能今年这个病人的基础卵泡还有五颗卵,到明年就只有三颗了,再过半年卵巢可能直接罢工了。所谓巧妇难为无米之炊,越早开始治疗越好。

我想起以前还在医学院读书时候的事。我们老师也不知什么原因终身未嫁,妇产科大夫,正教授,齐耳短发,精致而玲珑的五官,她在课上一提问我们就体温升高,喉头发紧。至今我仍记得她曾在课上提问:"正常女性的子宫是什么形状?"

后排传来几个男生压抑的笑声,有人大声回答:"圆形。"

"错了!"

"椭圆形。"

"还是错!"

"梨形。"

"对咯!"

"卵巢呢?"

"葡萄形。"

"敢情都是吃的是吧?"教授露出了难得的微笑,"卵巢还真是葡萄状,有把儿,"教授指着墙上的幻灯片,"这个把儿就是卵巢的悬韧带。"

"卵巢有多大呢?"

"一串葡萄那么大。"有人说。

哄堂大笑。

"你肚子能有多大,放得下两串葡萄?"教授也忍不住笑了,"一般来说,成年妇女卵巢的大小,相当于本人大拇指指头大小。"

同学们纷纷拿出自己的大拇指来比画,男生也在比画。"如果我有卵巢……"

世间万事万物的出现,皆有一定的规律。每当夏季,挑着竹筐的小贩游走在南城的大街小巷,他们有的卖草莓,有的卖桑葚,更多的是卖生莲蓬。我不知道大家看过生莲蓬没有?反正每次我看到绿油油的生莲蓬,看到莲蓬里面的莲子一颗颗地等待人摘取,我都忍不住感慨:除了体积大点,生莲蓬的形状也实在太像女性的卵巢了。

生活总是充满了莫名其妙的隐喻。

病人梵娜的问题是什么呢?

她主要是卵泡个数出了问题。

正常育龄期妇女的基础卵泡个数虽然没有一定的标准,但是一般说来,单侧卵巢不会超过十二颗。超过了就是卵巢多囊样改变,这种病人有许许多多的小卵泡,但是每个月没有卵泡可以成熟,即没有"优势卵泡",这样很难自然怀孕。而与之相反的情况,就是卵巢早衰——基础卵泡少得可怜,同样很难自然怀孕。

一种病是种子太少,一种病是种子太多,都不好。人生需要刚刚好。所以说,如果卵巢早衰的病人知道还有一种病叫作多囊卵巢,估计会羡慕不已。

女性从三十五岁以后卵巢开始逐渐缩小,卵泡质量下降,基础卵泡也会渐渐减少,这也就是为什么女性年龄越大,生育能力越低。

梵娜的基础卵泡只有四颗,左边两颗,右边两颗。基础卵泡只有四颗,是什么概念?一般卵巢早衰病人的卵泡质量都不太好,这几颗卵泡,如果不做干预,可能一颗都不能发育成为优势卵泡。就算做试管,也不知道促排到最后,有几颗能够成熟。取出来之后,更不知道能配成几个胚胎。配成胚胎以后,放在子宫里,能成功着床吗?能健康发育吗?能闯过那一关又一关的考验吗?

情况不容乐观,我把最坏的情形告诉了梵娜。

她说:"医生,我们走一步看一步吧。"

是的。

一个生命,想要来到这世上,没那么容易,需要经过一关又一关的考验。

能走到哪一步,有人说,要看造化。

造化。

医生又能做什么呢?

有时去治愈,常常去帮助,总是去安慰。

我们有心无力,能做到的只有那么多。

我们生殖科不仅仅做试管婴儿,对于一些怀孕困难的病人,如果没有检查出明确的生理疾病,我们也会建议他们在我们的指导下怀孕。

要我说,这哪里是在指导下怀孕,这根本是在指导下交配。

仍旧是忙碌的一天,上午坐诊开检查单,下午给病人做B超,交代病人什么时候来做下一次B超、什么时候同房、同房完了什么时候再来检查卵泡排掉了没有。

估计没有谁,比我们对病人的性生活更关心。

我就亲耳听到过谭主任给病人交代,根据她的子宫位置,采取什么样的体位容易怀孕,每次同房的时间应该间隔多久。看着他们俩,一人一本正经,谆谆教诲,一人一脸崇拜,认真聆听,我忍不住暗暗发笑。一男一女之间,谈论这么污的话题居然一丝丝色情的味道都没有,这种事情大概也只可能发生在医生和病人之间吧!

忙碌了一天,我收拾东西正准备回家,突然在走廊上看到一个模糊的绿色身影。绿影朝我走来,越走越近,耳边传来柔柔的一声:"梁医生,你有时间吗?"

绿影的轮廓逐渐清晰,原来是我的一个患者。她老家在我们市下面的一个县城,每次都要坐三个钟头的车来看病。她的卵巢子宫都没查出什么毛病,由于两端输卵管堵塞来就医。之前已经在我们科促排过一次,可是在她促排期间,她爱人抽烟喝酒不停,精子质量不好,上次促排配的胚胎质量奇差,只分裂成了三个四细胞的胚胎,勉强移植了,没有着床。

这一次促排,我们给予了更详尽的饮食和生活习惯指导,但是在促排过程中,发现她堵塞的输卵管竟然积水了。鉴于她这种情况,为了让胚胎顺利着床,我们建议取卵后不要移植新鲜胚胎,而是移植冷冻胚胎。

一看见她,我就想起了当初跟她宣布病情时的情形。

她的反应,跟我们大多数病人的反应一样,四个字——不能接受。

她说:"医生,我已经促排过一次,前前后后检查几个月,已经在你们医院耗了一年了。这次促排又不能移植鲜胚,我等不起了。"

我耐心地跟她解释:"如果把输卵管比作水管,子宫比作水池,输卵管积水,相当于一个池子里安装的水龙头一直在滴滴答答漏水,再强壮的胚胎也会被这大水冲走,再强壮的胚胎也不能够着床,所以鲜胚是肯定不适合移植了。"

她沉默,良久,艰难地问:"那怎么办?"

我给出的治疗意见是做一个微创手术,即腹腔镜输卵管钳夹术,把输卵管用一个特殊的夹子夹闭就行,相当于拿一个小夹子把水管夹住,这样就不会漏水了。"

我解释道:"做了这个手术你的输卵管便不再漏水,不漏水,你的子宫环境就比现在好,所以下一次没准你就好孕了。本来这个手术最好是在促排前完成,休息两个月再促排的,现在你既然已经开始促排了,那我们就先取卵,配好后冻起来。然后等你调养好些了,再做这个手术。稍微休息一段时间,你就可以来医院移植了。"

"医生,取完卵以后最快要多久才能做这个手术?"病人总是很着急。

"最好来一次月经后。"

"做完手术后最快多久能移植呢?"

"一般来说,我们建议休息两三个月。"

如果我没有记错的话,她上一次取了十几颗卵泡,配成的质量和数量都还可以。时间过得真快啊,一转眼将近半年过去了,看来这次她是来准备移植的。

虽然快下班了,想到她大老远来一趟不容易,我招呼道:"你手术恢复得怎么样啊?报告单给我看看,你是不是准备来冻胚移植的啊?"

她凄然一笑:"谢谢你,梁医生。手术我做了,我这次来,是想取消冻胚续冻的。"

我大吃一惊。

她的语气很平静:"手术做了你不是让我休息几个月吗,这几个月……我也没法跟他……他在外面也不知什么时候有了女人,就在这几个月怀上了!我知道,补护士交代过,移植冻胚要两个人一起到场,而且要带着结婚证。"

我点头。

她苦笑:"我结婚证没有,离婚证倒是有了——三个月他都等不了——他跟我说:我哪是三个月等不了,我等了你多久,你自己摸着良心说!家里的钱,被你糟蹋得——家底都空了,也没看见娃的一星半子,你自己说说是不是?!真他妈不知怎么娶了你这么个下不出蛋还花钱如流水的老母鸡!我他妈倒了八辈子霉了! ——更难听的话他都骂过。最后他说:我换了人,一次就成了!反正,你离也得离,不离也得离——这事由不得你!"

我心里五味杂陈,她的情况其实在试管婴儿的病例中真不算复杂的。不可否认,每次移植确实存在一定的成功率和失败率,她上次没成,可这次找到了原因,对症下药,我有很大的信心,如果移植,很大概率她会有一个好结果。

谁知,过了三个月,竟然是这样……

我默默看着电脑屏幕里她的病历。在我们这层楼的IVF实验室,她有6个宝宝在零下196摄氏度的液氮罐里等待,胚胎有3个8优,3个8良,是相当好的胚胎。

太可惜了。

这个时候,任何安慰的语言都是苍白无力的。

她低低地说:"梁医生,这次我来,除了跟你们讲我不续冻了,还想重新签一份文件。上次来,补护士让我选择,如果超时不移植,或是有废弃胚胎怎么处理,我当时——主要是他不准我选做实验,所以选的是丢弃。

"我当时也没有想通,但是现在想通了。无论怎样,TA们是我的娃!就算不能被我生下来,我也不想TA们就这么不明不白地被扔掉了。我终于看明白了,他跟我是不可能有孩子了……"她用手背抹了抹眼角的泪,"TA们的爸爸不让TA们到这世上来,我也不能让TA们白来。听说你们医院在做实验,好像叫什么人体干细胞,需要我们病人废弃的受精卵,听说特别有用,特别有意义……反正现在是我做主,我同意全部捐献。医生,我把上次签的不同意的文件都带来了,还给你们医院,你给我拿份新的,让我重签一个。"

我担心她是一时冲动:"你想好了吗?一旦签了捐献,你前面千辛万苦才换来的几个胚胎,停止续冻的话,你相当于白受这一趟罪了!"

她的声音里有着压抑的哽咽:"医生,我就是想好了才来医院的,你就让我签了吧!就算他以后回来找我,我也不想再跟他一起过了——何况,我们都离了……"

天不如人愿,事常逆己心。

这么好的女人,老天爷为什么就不让她顺利当妈妈呢?

在生殖科待久了,不容易相信爱情。

下班回到家,老妈一如既往地做好了满满一桌吃的,我放下包张嘴便吃。老妈又开始了她的长吁短叹。"你说说你说说,啥时候你能自己有个家,下了班不用来跟我蹭吃蹭喝啊?"

我嘴不能停,夹着我妈做的青椒炒肉。肉是上好的里脊,青椒脆而不软,比饭店做的还好吃。"老妈,没准到时候我结婚了你会后悔。"

老妈说:"我后悔?我有啥好后悔的?我真是巴不得你明天就嫁出去。你看看你也不小了,这婚姻大事我看你是一点不急。"

我厚颜无耻地顺杆子往上爬。"老妈,没准我结婚了还拖家带口地来你这儿蹭饭呢,你说到时你烦不烦?"顺势夹起一块糖醋排骨,真是如预想中的可口,糯糯的质感充满了我的整个口腔,比医院食堂的好吃一万倍。我满足地呻吟了出来:"老妈,你这排骨做得也太好吃了吧。"

一阵刺痛传来,如雨点戳在我的手上,原来是老妈的筷子。"吃吃吃,果然我是养了一条单身狗,那么爱吃排骨。"

单身狗捂着手,吞下嘴里的肉,闷闷地吐出一句:"肖然今天带他媳妇儿来我那儿看病了。"

这句话终止了我妈的唠叨,换来了安静的五秒。"妮妮,你没事吧?肖然这孩子,咳,那么多医生怎么偏挂你的号呢?"

"我没事儿,"我尽量保持语气平淡,"病人可以挑选医生,但是医生不能挑选病人。他们找我看病,应该就是信任我吧。当年我跟肖然最后没成,其实也是好事。妈,你不用觉得我是安慰自己,我跟他是真的三观不合,他希望找一个特别听话的女人当老婆,我偏巧是特别不听话的那种。你看看吧,我做家务一塌糊涂,那么大了还在蹭你的饭,我不管跟谁结婚,都是坑了别人,对吧?"

我妈忙维护道:"话可不能那么说,生殖科的医生,那收入,一般人能比吗?你是去了公立医院,好歹也是香港回来的生殖科博士,我都打听了,如果愿意去私立医院,那收入可比现在还高。你是跟小肖分手后一直没找,你要是开始找,我还真不信你碰不到合适的。"

我心里暗暗好笑,当我自己黑自己的时候,老妈反倒会来捧我。反正全天下除了她,任何人都不能说我的不是。

老妈的反射弧有点长,这才反应过来前任挂的是不孕不育的号,八卦心顿起。"小肖来找你,是他们谁的问题?"还没等我说话,她又自顾自地展开了想象,"哎呀,如果说是小肖的问题,那倒好了,幸亏你当年没跟他在一起,要不现在在受罪的就是你了。如果是他媳妇儿的问题,那小肖也真是,"她停顿了一下,叹了口气,"人挺好。"

我被我妈的"人挺好"三个字噎到,迅速转移话题。"不管是谁的问题,反正来我们那儿看病,就意味着夫妇俩愿意一起面对这个问题。现在科技那么发达,谁的问题都不重要。我们科就像个巨大的宝宝制造工厂,每年产多少双胞胎,你知道吗?我们市好几家医院可以做试管,每年统共产多少双胞胎,你知道吗?说出来数字准得吓死你。听说我们隔壁的省妇幼保健院,都开设双胎孕检门诊了。那天我逛商场,发现商场里居然在举办双胞胎家庭联谊会,上百对年龄相仿的双胞胎同聚一堂,那场面!可想而知现在有多少夫妻怀孕困难,要不然完全靠自然怀孕,哪能突然冒出那么多双胞胎啊。"

老妈八卦的心就像潘多拉的盒子,一打开就难以收场。

"所以今天小肖他们来——是小肖媳妇儿的问题?"

"哎哟喂,老妈——"我转移话题不成功,只好使出了撒娇杀手锏,"我们医生不能在外说病人的隐私的,这是职业道德,我真不能告诉你啦。"

"连亲娘都不说,真是个兔崽子……今天是你提起小肖来找你看病的!"老妈愤愤不平。

"我的错,我的错,"我马上举手投降,"我只是想说明即使我结婚了,可能也不能让你顺利抱上外孙子。生孩子这事,得看缘分嘛。"

"真是想一出是一出的,"老妈无奈地笑,"还跟我提生孩子呢,你这男朋友都八字还没有一撇。"

边说着,老妈习惯性地把大块的、烧得齐整的排骨一块接一块夹到我的碗里。我抬头看了她一眼,是什么时候,老妈的鬓角长出了大片大片的白发?又是什么时候,她的面部肌肉深深凹陷下去,脸色变得黄里发青了?我脑子里突然冒出了一句发酸的话,是谁把青春从她脸上偷走了?

我不敢再细看。恍惚间,仿佛昨天我才高中毕业,兴冲冲地拉着旅行箱去医学院报到,老妈和老爸朝我挥手送我上火车。当时我竟然不知道,他们已经貌合神离,他们两人的婚姻,我们仨的家,像一只在风雨飘摇中迷航的小船,拼命扬帆硬撑。结果我大一寒假回到家,却发现家里突然少了老爸的很多东西,他的灰色羊毛呢西装,老妈和我陪他到市里百货商店买的巨大的黑色旅行箱,我初三暑假去北京夏令营时从长城给他背回来的长城烟灰缸,都不在了。老妈笑容满面地迎接我,我看着她强撑,看着她故意不提他,故意忘却,故意营造出一种家里从来没有过这人的气氛,却还是在不久后从各路亲戚嘴里听说他们早就签了离婚协议,一直在等我高考结束。在我上大学的第一天,他们就去民政局领了离婚证书。从此,家里没有爸爸了……从此,爸爸有了另一个家,我同父异母的妹妹现在也已经是小学生了……

我喉咙有点发紧,嘴里的糖醋排骨也吃得不是个滋味,嘴上却说道:"老妈,你别光顾着给我夹肉,自己也吃点啊。你再这么把我喂养下去,我再长二十斤肉,到时不仅是单身狗,而且还是一只很肥很肥的单身狗,那可怎么办?"

老妈慈爱地看着我:"老妈年纪大了,消化不了那么多肉。你工作忙,多吃点,身体不能垮。"

老妈用商量的口吻接着说:"妮妮啊,我的一个老姐妹给你介绍了个男生,听说在高校教书,理工男。我觉着理工男挺好,有些男人成天搞这浪漫,搞那浪漫的,到最后你却发现他的浪漫不仅对你,还对别的女人,有啥意思呢?对了,听说这男生也是博士,在哪儿读的来着?以后见着面你可以问问,就当多认识个朋友也好。我觉得你还是不要排斥相亲,相亲也有好的,自由恋爱也有不好的,你说是不是?"

我的脸上一定是显出了犹疑不决的神色,老妈循循善诱道:"大学老师的话,听说空闲时间还挺多,你当医生忙,如果能找个顾家的该多好。这次就是见见,又不一定要怎么样。喜欢就多见几次,不喜欢见一次就拉倒,这样总可以吧?"

我还在垂死挣扎:"妈,我工作很忙,没空约会。"

老妈作理解状:"我知道你很忙,但是这一年一年地过去,你说你回来也两年了,前两年,你自己拍拍心口说说,你老妈有没有逼着你去相亲?"

我弱弱地摇头。我刚回来的时候,科里的大师姐和谭主任还给我介绍过好几个他们的熟人,但是我都是见一次就否了。后来他们可能觉得我要求高,也就不再给我介绍了。

"那为什么今年我开始希望你去相亲呢?"老妈完美地开启设问模式,"你自己就是医生,不用我多说,你也知道女人上了年纪,生孩子太困难。我记得这话还是你说的,就连做试管,每长五岁,成功率就往下降一截。往远的不说,就说你们医院,二十多岁女人的成功率超过百分之七十,三十到三十五岁是百分之六十几,三十五以上,降到百分之五十几,到了四十岁,直接跌到百分之二十几。自然怀孕的话,这数字更低,对不对?"

刚刚还觉得她老了,没想到一谈到我的结婚大事,她的脑子就那么灵光,几个数字记得比有些护士还清楚,看来每天在菜市场进行的数字运算对增强中老年大妈的记忆力功不可没。

我哑口无言。

老妈充满希冀的眼仍然盯着我,我举起小白旗。好吧,见见就见见,谁怕谁。

今天真是漫长的一天。

3月1日
相亲对象居然想跟我做朋友

今天上班发生了一件小小的狗血事件。

一个男的和他的妈妈,陪着他的媳妇儿来看病。一般来说,我们医院为了管理病员,要求一患一陪,但是这家人,尤其是这老太太,非要进来旁听。一开始小师妹拦在门口不让他们进,老太太扯着喉咙在走廊破口大骂,我见影响十分不好,又常耳闻医生被打的事件,想想好汉不吃眼前亏,就放他们三个进来了。

老太太和男家属一左一右架着女病人坐在我们面前。还没等我开口问话,老太太就开始陈述她儿子和儿媳妇的要孩子历史。其实在我们医生看来并不长——不到一年,但是老太太笃信,她等了快一年也没抱到大孙子的原因是她儿媳妇的问题。

小师妹撇撇嘴:"你又怎么确定一定是你儿媳妇的问题呢?"

老太太露出谜一般的微笑:"反正我就是知道。"

当了两年的临床医生,如果说我学会了什么,那就是事实出来之前不必多说。我指挥小师妹开单子,和颜悦色地对老太太说:"查是夫妻双方都要查的,而且男方的检查项目不多,很简单,今天先查一下精液质量。"

老太太嘴里还在碎碎念,手里一张一张地翻着我开好的检查单,时不时抛出几个质疑性的问题。我耐着性子回答:"就是因为可能有问题才做的检查,要不你们来看医生干什么呢?如果今天查了没问题,那么你儿子儿媳妇回去再接着要孩子,假以时日,你应该会抱上大孙子。如果今天查了有问题,那么有病治病,现在医疗技术那么发达,可能过上一段时间,你还是会抱上大孙子。"

想想不妥,我又补充了一句:"当然结果没出来之前,说那么多没有意义。"

小师妹在旁边插话道:"我建议你们还是现在查,一会儿中午下班前直接拿结果过来,梁医生还能给你们看。到下午梁医生没有门诊了,到时没人给你们看啊。"

还是这句话管用,老太太不情不愿地被儿子儿媳妇拖走了。

生殖科永远是有"惊喜"的地方。中午下班前,她儿子的检查结果出来了——精子活力为0,无精症,而她儿媳妇,就目前的检查结果看,没有问题。

老太太恼羞成怒,大吵大嚷:"不可能!你们医院是骗子医院!"

我忍无可忍,说:"我们医院怎么就是骗子医院了?我承认有时候实验室的数据偶尔会有偏差,如果你们不相信这个检查结果,可以换个时间,去别的医院再查一次。阿姨,你小声一点,再吵吵我叫保安了啊。"

老太太安静了下来,又露出了她的招牌谜之微笑:"小医生哇,你还是经验少。我告诉你为什么不可能,我儿子之前的女朋友,你知道不咯,她可是为我儿子打过胎的哦。"她刻意压低了声音,神秘兮兮地伸出了两根手指,"不是一次,是两次哦。所以你们医院说我儿子没有活精子,怎么可能?他没有活精子,那他以前的女朋友怎么怀孕的啊?难道风一吹,他女朋友咳嗽一声就怀孕了啊?"

老太太双手交叉抱在胸前,一副胜利者的姿态。

我瞟了一眼旁边的小师妹,看到她脸色通红,憋得快要爆炸,而老太太儿子的脸瞬间变灰了,她的儿媳妇脸红红的,像喝醉了酒,随时可以掀桌子。

我连忙把桌上摆着的粉红色石膏女性生殖器模型往旁边挪了挪,以免城门失火殃及池鱼。

她儿子反应过来了,脸上挂不住,大喝一声:"妈,别说了!"老太太被连推带搡地,再一次被儿子儿媳妇拉走了。被拉走时,老太太还在不遗余力地大声说话,估计是故意想让我听到的:"小医生就是不行!儿子哇,不会是你的问题,就算是,哪里会是这样的问题!反正我不相信!小医生就是喜欢吓唬人。改天挂个他们这儿谭主任的号看看,我还就不信了!"

信息量太大,我和小师妹已然笑趴在桌子旁了。

中午吃饭时,收到一个把标准证件照作为微信头像的男人发来的好友请求,我想了半天终于想起,应该是前几天老妈说起的老姐妹介绍的相亲对象。听说她们觉得我跟他巨配,结果加了后,这哥们半天也没句话,连句招呼都不打。我直接懒得理他,蒙着头在医生休息室里睡午觉,在下午快上班前,才又收到一条短信:你好,听说你是当医生的啊?我一看这哥们想慢慢聊天,我哪有这个时间,快速回复了一句:我下午还挺忙,有什么话或者安排您就直说。结果再无回音,微信对面的人不知是死是活。

上班到六点快下班时,我看了一眼手机,原来这哥们在五点给我发了一条短信:要不我们见见?

我心里的火腾地起来了,这男的可真够磨叽的!心想这一来一回的可能到八点还说不清楚,遂编辑了一条短信:我刚下班,如果你方便的话,就到北京西路的麦当劳见。这回这哥们倒是很快回了一个字:行。我心想这哥们这种慢性子可真不是我的菜,到时请他吃一个汉堡交差就再也不要见面了。我给老妈打了个电话,告诉她我晚上要见那个相亲对象,不回家吃饭了。老妈在电话那边激动得语无伦次,让我多玩一会儿晚点回家。我挂了电话一脸汗,估计我今晚失身了她也不会介意。

我慢慢地朝那家麦当劳走去,觉得这哥们没有女朋友还真是有原因的。想想我学生时代交的历任男友,哪一个对我不是热烈殷勤,我还爱搭不理的。唉,当年我真是任性至极,明明知道小男朋友在楼下等我,仍然慢腾腾地洗澡吹头发换衣服。室友看不过去了,说,你怎么还不下去?我无所谓地说,让他等着。现在我却要走上相亲这条路,估计前男友们如果知道我已沦落至此,脸都要笑成多肉植物"屁股花"了吧。

我以为我迟到了,结果在我已经吃完奥尔良鸡腿堡套餐后,这哥们才出现。厚厚的眼镜，小脑袋，小眼睛，油头发奔拉在眉前，穿着一件灰黑色冲锋衣，个子挺高。我想起老妈说介绍人说他身材高大，一口雪顶咖啡差点喷出来。他哪是身材高大，他明明就是一根拉长的电线杆，顶上架了一个湿答答的鸟窝！

这哥们的口吻非常装："梁医生，哦，no，我应该称您为Doctor Liang，因为您既是医生，又是博士。我也是doctor，不过我没有您厉害，我这个doctor不给人看病的，只能发发paper。"

我突然反应过来老妈的老姐妹说我们巨配是什么意思了。我谦虚地说："我就是一个小医生，不能跟高校青年教师比，而且，别称我为'您'了，承受不起，就互称'你'吧。"

高校青年教师倒认真起来，一改在微信上的懒散，关于我的工作，问了有八百个问题。最后，他总结性地说道："所以你的工作就是专门跟怀孕打交道的。"接着他又甩出一个问题："我是很在乎家庭的。那么冒昧问一下，如果我们俩结婚，哦，我是说如果，你肯定很快就会怀孕的吧？"

我简直目瞪口呆，以前只听说有的博士傻，但傻到这份儿上的，我还是第一次见。我突然玩心大起，一本正经地说："那可不好说，你也知道我年纪大了。没办法啊，你也是博士，应该理解，我读了那么多年书从医学院毕业，又混了几年，这一个不小心就混到了我现在的年纪。老实说，我的病人中，大部分都是我这个年纪的。年轻的，二十几的，不用来找我们自己也能怀孕。老一点的，四十几的，一般也就放弃治疗了。所以我们这个年纪的女人，大部分都困难得不行。"

高校教师稳重地点一下头，表示赞同。

我话锋一转，打算把锅甩出去。"从我们优生优育的观点来看，你这么好的素质，应该找一个年轻的，最好是才二十出头的女孩子跟你结婚。因为我就算结婚了，也不打算马上要孩子，至于什么时候要，不好说。所以像我这样的大龄女青年耽误你了，真是过意不去。"

高校青年教师半响不说话，像是下了很大的决心，字斟句酌地说道："梁医生，其实我之前对你挺满意的，但是今天见了你，我觉得呢……可能我们不合适。还有哦，我作为朋友，要劝你一句，今天我给你发微信你半天才回复我，你这种女强人的样子，我们男人不喜欢哦。以后你还是姿态放低一点哦，工作上也不要那么强势哦。"

我表示会好好听老师的话，哦。

我们友好告别时，高校青年教师表达了我们做不成男女朋友可以做普通朋友，以后等他将来的老婆怀孕了，如果来我们医院产检生孩子，会来找我并请我适时帮忙的意愿。

我懒得反驳，一转头把他的微信拉黑了。

回到家，果然老妈已经接到线报，说高校教师反馈我为人处世太差，本来人家愿意跟我做朋友，我却不给面子，说自己暂时不考虑结婚，不考虑结婚来相什么亲，明明聊得好好的，不明白为什么微信会被拉黑。

老妈痛心疾首，唉声叹气，觉得我错过了百年难得一遇的人生伴侣。

3月10日
染色体平衡易位的奇迹

今天我们全科的人都态度和蔼,神清气爽,极其开心。

之前在我们这里治疗的一个病人小萍抱着她的小宝宝来看我们了,还带了一箩筐的红蛋。

要说这个病人,她的孕产史可以称得上是惊心动魄、千辛万苦、苦尽甘来。

在来我们这里看病前,她历经了两次胎停、三次生化(自然流产)、一次引产。她一开始看妇科,妇科医生告诉她是自然选择优胜劣汰,胚胎停止发育和自然流产都是大自然在自动选择健康的宝宝。

没错。

绝大部分胎停育和生化的胚胎,一般是胚胎本身有问题。

在两次胎停和三次自然流产后,她又一次怀上了,但是唐氏筛查没有通过,做了羊水穿刺,结果发现孩子确有问题,必须引产。

我不敢想象当时她在产房里的日子是怎么度过的,可以预料周围病房里都是喜气洋洋的产妇和家属,只有她,生下的孩子看都没敢看一眼,就被匆匆装进了明黄色的医疗垃圾袋,跟针头、输液器和各种医疗垃圾一起,被送去环保部门处理。

在这次引产后,她和丈夫来到了我们生殖科。

鉴于她的病史,我们建议他们两夫妻做了基因筛查。

估计她在这之前,听都没有听过这个词。

估计她连什么是染色体都不知道。

染色体,在我们医学生的书上,定义是遗传物质的载体。如果说一条染色体是一辆大卡车,上面装载的货物就是DNA,而这些货物中,能够传给下一代的部分,就是基因——大家最为熟悉的名词。

上天造人,精妙绝伦。

染色体的数量、结构是相对恒定的,不能多一点,不能少一点。否则,就会出现畸形。

人的细胞中有23对染色体。爸爸提供23条,妈妈提供23条。

请你想象一下,人体的一个细胞中,有爸爸妈妈给的46辆大卡车,货物装得不多不少。

可是,当一辆大卡车的货物不小心跟另一辆大卡车的东西装混了,或者一辆大卡车上的东西莫名地多了一点,或者少了一点时,悲剧就发生了。

当某一条染色体上有一段"搬"到另一段上时,就叫染色体平衡易位。这种易位造成了染色体遗传物质的"内部搬家"。这样的胚胎或胎儿由于自然选择的作用,容易流产、胎停、畸形。

一些复发性流产的孕妇,以为是身体虚弱或者子宫有问题造成了流产,其实有可能是因为染色体平衡易位导致的自然选择的流产。

基因检查结果提示,她的爱人染色体平衡易位。

染色体平衡易位意味着什么?

在生命形成的最初的一瞬,当精子和卵子结合的一瞬间,当女方的23辆大卡车和男方的23辆大卡车装的东西不多不少刚刚好时,那么这个孩子就是正常的。当大卡车装的东西不对头了,哪怕只有一辆大卡车不对头时,孩子就会不正常。

他们自然怀孕生一个正常孩子的概率是1/18。

1/18是一个冷冰冰的数字。它的背后,不知道充满了多少女人的眼泪、男人的无奈。冰冷的医疗器械,洁白的医院病床,一次次的期待,一次次的失望……

也许事情不发生在自己身上,永远都只是故事。

只有在生活中遇到考验的时候,才知道什么是最重要的。

小萍的生理没有任何问题。其实,于她,换一个丈夫,是最为简单的选择,但是她选择了第三代试管婴儿。

第三代试管婴儿与第一代、第二代试管婴儿不同的是,它多了一个胚胎移植前的遗传学诊断,筛选出健康的胚胎放在妈妈的子宫里。

遗传学筛查,用我们的专业术语叫作胚胎植入前遗传学诊断,检测价格昂贵,由于存在遗传筛选这一道关卡,被筛查出的异常胚胎只能放弃。

打个比方,如果所有做试管的夫妇都在种麦子,大家都同样在土地上撒播种子,因为存在土地的贫瘠肥沃,种子的品种差异,大家虽然同样付出了金钱、劳作、汗水,种的麦子同样接收了阳光、雨露、肥料、爱心的滋润,但是可能每个人收获的麦子有大有小,有长得特别饱满的,有长得特别干瘪的,很多人甚至可能会收获空麦子。而对于做第三代试管婴儿的夫妇来说,当其他人多多少少都有收获的时候,他们可能颗粒无收。

我就曾接诊过一对夫妇,两人都携带有地中海贫血基因,虽说每次怀孕得到一个患儿的概率是1/4,但是如果一旦被邪恶的魔鬼选中,那将是百分之百的苦难。这对夫妇怀的第一个孩子是地中海贫血重症患儿,第二次怀孕到五个月时做羊水穿刺,发现又是地中海贫血,只得忍痛引产。

如果不想把每次怀孕都变为一场豪赌,第三代试管婴儿将是比较好的一个选择。

这对夫妇经过一年一年的折腾,可能是年纪大了,也可能仅仅是天不如人愿,每次配的胚胎本来就不多,再经过囊胚培养,又少了一批,再一基因检测,更少了。促排了三次,在我们医院耗了近两年,竟然连能移植的胚胎都没有。

他们自上次回去后,就再也没有回来。

有时我会情不自禁地挂念:他们去别的医院看了吗?有了自己的孩子没有?现在过得好不好?他们抱养孩子了吗?也不知最后老天爷给他们一个什么样的结果。

我们在医院,时有听到或见到夫妇俩为了做第三代试管婴儿,使尽洪荒之力,耗费三年五年甚至八年十年,结果却换回家财散尽一场空的故事。

人生很残酷。

如果付出不一定有回报,如果替换你的人生伴侣是最简单、最轻松的选择,如果是你,愿意为伴侣忍受多少疼痛?付出多少时间和精力?作出多少牺牲?

这个题,可能没有标准答案。

小萍没有那么幸运,没有一次成功。

小萍促排的第一次,配的胚胎里,一个正常的都没有。

促排的第二次,配的胚胎里,终于检测到了一个正常的。

当年陈主任的观音圣手把这一枚极其珍贵的胚胎放到了小萍的子宫里。这孩子可能天生就是来折磨小萍的,一开始血值就不好,HCG①翻倍很慢,我们大家都以为保不住了,差点放弃,结果两周后又顽强地挺下来了,但是着床位置靠近宫颈口,流产的风险很高。产科医生建议小萍多卧床少走动,所以小萍的整个孕期,几乎都是在床上躺着度过的。

可以说小萍很不幸,也可以说小萍很幸运。

小萍说,生完这个孩子,感觉自己终于翻过了人生中最难爬的一座大山。

而我们医生,有幸成为陪着她翻山越岭的一行人。

每对做试管婴儿的夫妻,都结伴在这条漫漫求子路上翻山

---

① HCG:人绒毛膜促性腺激素,是由胎盘的滋养层细胞分泌的一种糖蛋白,是由 α 和 β 二聚体的糖蛋白组成的。

越岭。有的人刚刚开始,就已经被眼前的悬崖峭壁吓退,有的人爬到一半,发现同伴已不知何时离去,有的人快到顶点,却突然放弃,而有的人,能够始终携手共进,遇到山林穿过去,遇到溪流蹚过去,遇到石块绕过去,一路披荆斩棘,砥砺前行,这需要勇气、信心、爱、希望、守候。

更需要一份上天的成全。

而此时小萍的小宝贝,在我们科的人的手里如珍宝般被传阅。大家都争着抢着要抱一抱,连宫瑾同学也过来抱孩子,小宝贝靠在他的怀里,如同刚出炉的面包被小心捧在面点师的手里,散发出阵阵诱人的奶香。补小花在我旁边悄悄说,果然男人抱孩子的样子比平时帅啊。

这是为人父母最快乐的时刻。

这也是我们最快乐的时刻。

3月15日

不孕的夫妇各有各的艰辛

多囊卵巢的女老师确定选择做试管婴儿了,上一个月的B超检测,显示她的卵巢不能形成优势卵泡。

做试管婴儿并不像一般人想象的那么容易,今天看医生,明天就可以开始。

女方的身体要足够健康,一方面不能有肺结核、高血压、糖尿病、甲亢、甲减等影响母体健康的疾病,另一方面体内也不能残存弓形虫、风疹、巨细胞、单纯疱疹等影响胎儿发育的病毒。

但我们最不想遇到的情况是,病人本身有生殖系统的病变,比如宫颈癌前病变、乳腺癌前病变。因为在做试管婴儿的过程中,需要使用大剂量的激素,如果母体本身有这些疾病,最坏情况是导致母体本身存在的病灶急剧恶化。

这也是为什么做试管婴儿前要进行多项基本检查和妇科检查的原因。

而且,并不是所有的病人我们都会建议做试管婴儿,也不是病人只要提出想做试管婴儿,我们都会同意。

做试管婴儿的病人必须满足一定的条件,要么是男方的精子出了问题,少精弱精甚至无精,或者是男方的精子缺乏一种顶体酶,不能够冲破女方的卵黄膜,从而不能够形成受精卵;要么是女方的生殖系统出了问题,比如常见的有输卵管堵塞,卵巢功能障碍,多囊卵巢或者是卵巢早衰。而在这些之前还有个大前提,即需要一个比较好的子宫环境,我们医学上称为子宫容受性评估。

就算夫妻双方的生殖系统都没有什么问题,但是如果他们的基因出现了问题,怀有问题宝宝的概率很大,这种情况下,他们最好也选择做试管婴儿。

我们在临床上还常见的一种情况是,夫妻双方身体检查都没有问题,但是他们的精卵细胞就是不能够自然结合。所以谭主任的理论——精子和卵子也需要谈恋爱,乍听荒谬,事实上则非常有道理。

自然怀孕的情况下,男方的精子需要穿越女方的阴道、子宫,进入到输卵管中与女方在卵巢里排出的成熟优势卵泡相遇,形成受精卵,然后再顺着输卵管游回子宫。在这过程中,受精卵成功分裂,一开始二细胞,接着四细胞,然后分裂成八细胞,十六细胞,三十二细胞,接着驻扎在子宫,再经过漫长的四十周,最后来到这个世界。

对于一些人来说,怀孕是最简单不过的一件事。粗俗点说,一些人裤子一脱就怀上了,有的人甚至裤子还没脱完就怀上了。而对于另一些人来说,怀孕是最难的一件事,也不知道是当中哪个环节出了问题,脱了多少次裤子也没用。

列夫·托尔斯泰说过,幸福的家庭都是相似的,不幸的家庭各有各的不幸。

在我们科有一句话,怀孕的夫妇都是幸福的,不孕的夫妇则各有各的艰辛。

补小花如农人卖白菜般,麻溜地用食指点数核对真空采血管,一共十五管。她把整整一罐采血管递到多囊卵巢的女老师手里。

我不用看都可以预料病人脸上的表情——吃惊、兴奋,再嘴角抽一下,不由自主地抱怨:那么多啊?

但我知道她们仍然会乖乖地按时到点地把胳膊伸出来,任楼下检验科的护士们用细细的针头穿进她们的肘静脉,开始她们长征的第一步。

补小花的业务越来越纯熟了,她在跟女老师说开给她的药应该怎么吃,千万不能漏服,如果不小心漏服了应该怎么办,月经见红哪一天时要去预约宫腔镜,吃药吃到哪一天可以再来抽血做B超。

在别的科,医生和护士的关系可以总结为:医生的嘴,护士的腿。

在我们科,我们医生对护士定期培训,一些对病人的交代事项护士也可以完成。所以在我们科,护士不仅跑腿,还得磨嘴。

不过好像有的病人并不喜欢这种模式。有一类病人,他们不愿意相信护士的话,同样的话,非要听医生说一遍。还有一类病人,医生的话也不愿意相信,非得专家说一遍才罢休。

梵娜也来复诊了,领了满满一罐真空采血管,补小花一方面对她的美貌垂涎三尺,一方面又忍不住在大家面前唉声叹气,把命运不公、红颜薄命的一番车轱辘话又说了八百遍。

如果顺利的话,女老师和梵娜下个月都可以开始试管婴儿的流程了,用我们的行话说,叫"进周"。

今天我提前看完了病人,打算去会议室里摸会儿鱼。结果我一推开会议室的门,陈主任已经在里面喝茶了。

我觉得会议室里的空气似乎不大好,于是把门打开,随口说道:"你这看病速度也太快了一点吧!"

陈主任大言不惭:"没办法,谁叫我是老手了。"

我们正聊着天,大师姐也进来了,她说:"你们把门这么敞着,一会儿挂不上号的病人直接能冲进来找你们看病。"

陈主任说:"她们愿意来就来,现在号那么难挂,病人有勇气冲进来,我就有勇气给她看。"

大师姐说:"哟,老陈,你可真有爱心啊,也怪不得这些病人跟苍蝇追着什么似的挂你的号。"

大师姐人就是这样,毒舌,喜欢时不时酸别人几句。听补小花说,当很多病人挂不上陈主任和谭主任的号,也不想挂我这个年轻女医生的号时,就会退而求其次去挂大师姐的号——不过,要忍着挨她的骂。

大师姐在病人中有好几个黑段子。广为流传的一个是,她一边眼睛盯着屏幕给病人做B超,一边斜拧着眉,嘴里念念有词:"你的卵泡怎么长的?大的太大,小的太小,歪七扭八,难看得哟!"

病人很委屈啊,病人也想自己的卵泡长得均匀齐整,一起进步。有人就因为这事告到医务科,说她态度不好。

大师姐完全没有认错的觉悟,她的回答是:"她的卵泡本来就长得不好啊!就因为大的太大,小的太小,要等大多数卵泡成熟时我才可以取卵。到时只能弃车保帅,太大的卵泡到最后要放弃掉,你们懂不懂,多可惜。"

大师姐已经花名在外了,据说有的病人在背后叫她"罗刹王"。

在病人心目中,陈主任和谭主任是送子观音,大师姐是罗刹王,差别不是一般大。

话说大师姐应该是我们科最严格的医生了,也难怪病人怕她。

在开始试管婴儿的流程前,男女双方的体重都要到达一个合理的范围,也就是BMI指数,即身体质量指数,是用体重公斤数除以身高米数平方得出的数字,是目前国际上常用的衡量人体胖瘦程度以及是否健康的一个标准。正常的范围在18.5~23.9浮动,在这数字之下,就是过轻;在这之上,就是过重。

据我们科多年的研究结果表明,正常的BMI指数有利于提高试管婴儿的成功率。所以,大师姐常挂在嘴边的话是"你也太肥了吧",或者是"你家老公也太肥了吧"。

得,又加上一条她嫌弃病人的罪状。

补小花说,南城的减肥人士不应该去什么健身房,应该直接到我们科挂我大师姐的号,只要告诉她"我正在备孕",大师姐的眼睛就会如X光射线上下扫射,冷冷吐出的一句"你也太肥了吧",估计比什么减肥药都有效。

别看大师姐叫小师妹为招财猫,其实小师妹也怕她怕得要死,一听到要跟她搭班就压力山大。据小师妹说,需要鼓起十足的勇气和一百分的抗打压能力,才能够战战兢兢地站在她旁边。

我看到过她训小师妹的样子。病人两腿叉开躺在检查床上,小师妹手握探头上端,眼睛盯着屏幕,神情紧张地听着黑着脸的大师姐的指令。

"把探头打到底,打到底!"

"你刚刚已经量了两遍中间那颗卵泡了,下面的那几颗一次也没有量过!你这样不讲章法乱量,一会儿根本数不清楚到底有几颗卵泡!"

"都教了你多少遍了,既往病史怎么写,月经周期怎么写,你写的这个日子下一个接手的医生如果不是你自己,还有谁会看懂?"

……

补小花也偷偷跟我吐槽过。她才来我们科时,一个多囊卵巢的病人问她需不需要开始吃达英-35(一种治疗多囊卵巢综合征的药物),补小花那时脑子不清楚,说了一句"你吃也可以,不吃也可以"。结果这个病人觉得心里没谱,第二天挂了大师姐的号,专门问了这个问题,大师姐当场就在诊室里发飙了。"是哪个护士跟你交代的?!什么叫吃也可以,不吃也可以?!害死人!

哪个护士告诉你的？你说，你说啊！"

结果补小花被拎到大师姐面前好一顿训。

我想，大师姐她老公在家的地位一定极其低下。她能够嫁出去，莫名地给了我极大的信心。

大师姐吐槽完陈主任的病人是苍蝇、陈主任是×××，自觉不妥，忙掩饰道："老陈，你最近是不是有什么喜事啊？感觉你心情怎么那么好呢。"

陈主任得意地一笑："我老婆怀上二胎了。"

我连忙表示恭喜，顺带调侃了一下陈主任："真不愧是我们科的观音圣手，自己亲自上阵造人，自然是手到擒来，马到成功。"

我这话倒把陈主任说得面红耳赤起来，笑骂我不像个正经人。

想想我嫁不出去还真有道理，别的女生听到黄段子会脸红羞涩，低骂一声"流氓"，我倒好，有人说黄段子我会是笑得最大声的那个，还会顺便附送上一个更黄的段子。

估计都是天天跟精子卵子打交道闹的。

过了良久，大师姐愤愤地来了句："可以啊老陈，你速度真够快啊。唉，我这要二胎都要了半年了，还是没个动静，月经总是准时驾到。"

陈主任不厚道地奸笑："你应该把你管理病人的那一套用在你老公身上——让他戒烟戒酒戒咖啡，管理好你老公的体重，你下班回去做饭，多做有营养而不长胖的食物，每天一颗水煮鸡蛋,水果蔬菜换着吃,早睡觉不熬夜锻炼身体,尤其晚上睡觉注意一下姿势——大美女,你本人就是专家,不用我多教了吧?"

我在旁边看热闹不嫌事大,不懂装懂:"话说什么姿势命中率最高?"

大师姐白我一眼:"你这问题外行了啊,据研究表明,采取什么姿势睡觉,对怀孕影响不大。"

我贱兮兮地说:"才不是,据研究表明,明显截石位、膝胸位效果最好",我顿了顿,又补了一刀,"结束后最好再倒立十分钟,不放过任何一只小蝌蚪。"

大师姐啐我:"滚。"

陈主任问:"你到底什么问题?"

大师姐哭丧着脸:"哎哟,我都想去查查是不是自己有什么问题了。当初怀老大的时候,哪管什么,一碰就怀了,而现在,我天天算日子,量体温,搞得一点乐趣都没有了。怎么要个老二那么难? 有时候我想,这个二胎开放,要早点呢,也好,早点我还年轻,估计就跟以前一样,一碰就怀;要晚点呢,也好,像谭主任,他家估计也不会催他们要孩子了。像我这样,早不早晚不晚的,还非得试着要一下,不试一下不能给我家那位一个交代啊!"

我不厚道地嘲笑了一下大师姐:"你别难过,你也知道,你的月经还能来,这就是好兆头,证明你还年轻。就像谭主任经常跟病人说的,只要你还有卵巢,就证明你还有种子;只要你有子宫,就证明你还有土地。有了种子,有了土地,还怕长不出一棵苗来吗? 你又没绝经,怕什么?"

"我有那么老吗？死丫头竟然咒我绝经！"

大师姐作势要打我，结果没打着。她恼羞成怒道："你别忘了啊，早晚你也有绝经的一天。"

我对她做了个鬼脸："我才不怕。"

刘芸今天又来看病了，给我们科买了好多水果。市面上什么贵买什么，进口的车厘子、蛇果、蓝莓、西柚，整个医生办公室里弥漫着芬芳四溢的水果香。

我继续保持着冷淡的礼貌，让她拿回去自己吃，她说她才抽完血实在拎不动了，如果我们不要就扔垃圾桶里。小师妹这个机灵鬼，看出我跟她认识，忙替我收了，顺带把一盒蓝莓据为己有，问："这病人谁啊？"

"我家亲戚。"我没好气地说道。

小师妹一双眼翻上又翻下，眼珠往左又往右，骨碌骨碌转，噗嗤一笑："师姐，你真的不会骗人啊。"

"你老实说，这病人到底跟你什么关系？"小师妹两手按在我的肩上，我突然觉得肩一沉，一阵电流穿过我的锁骨、肩峰第二肩关节、肱骨，抵达肩胛骨，疼得大叫。

小师妹使坏，两手继续用劲。"师姐，我早看出有问题了，你赶紧坦白从宽，抗拒从严。"

医生太了解人体结构了，真能够杀人于无形啊。

肖然带着他老婆来找我看病这事，确实挺让我郁闷的，我也想找个人倾诉下，便简要地把事情的前因后果描述了一番。

小师妹张大的嘴巴迟迟没有合拢，半响评论一句："其实我觉得他俩也挺不容易的,"机灵鬼马上又补充一句,"当然你更伟大。"

小师妹问我:"你能保证在治疗中,用平常心来对待你前男友和他老婆吗?"

我想了想说:"可能不能。"

本能地,我对他们比对其他病人更上心一点。

前任的老婆——刘芸的卵巢功能还可以,年纪也不大,三十三岁。她不孕的主要原因还是输卵管堵塞,我给她定了长效长方案。谨慎起见,我拿着她的输卵管造影片子对着灯细看,又把她才做的宫腔镜检查报告看了一下,确定经过几次修补,子宫形态虽然不太好,但是内膜厚度还比较正常。

我让护士把进周的协议书拿来,对着协议书按医院惯例给他们交代。

我深吸了一口气,努力保持声音平静:"按照惯例,我必须要检查一下你们的结婚证书,因为按照规定,人工助孕技术只服务于已婚夫妇。"

我心想自己真是在找虐,这件事本可以让小师妹代劳。不过我承认自己也有点好奇心作祟,前任的结婚证到底长啥样?我飞快地扫了一眼,噢,原来他们是在2013年1月4日结婚的。

俗。我心里暗暗地想,带着点吃不到葡萄的酸。

还是忍不住快速瞄了一眼他俩的照片,红底白衣,一看就是特意准备的,两人的眼睛和眉毛弯成了一样的弧度。照片散发出幸福的气息,跟我见过的其他新婚夫妇的照片没什么两样。

我心里突然冒出一个疑问,每个人在决定结婚的那一刻,心里都在想些什么?

大师姐说过,大家结婚时,都以为生活会因此而有所不同,就像小孩子上学,背上新书包,用上新文具,以为是一个新的开始。

结果后来发现,这是一个巨大的谎言。生活并没有因此而有什么不同。

大师姐还说,她现在去参加结婚典礼,主要是看菜好不好吃,就对饭桌上的大鱼大肉大虾大鸡腿感兴趣。在生殖科见到了太多因为没有孩子离婚的夫妇,叫人没法相信"执子之手,与子偕老"之类的屁话,听到婚礼宴席上新郎对新娘深情表白"我会对你好,一辈子",她会哈哈大笑,然后若无其事地撕开手上的大鸡腿。

她的理论是,婚姻是讲条件的。中国的婚姻,如果没有事前特别说明,生孩子跟结婚是捆绑打包在一起的。

如果家庭是一间合资公司,双方分别出人出资,几年之后计算结余。那么,什么是盈利?往虚了说,是两人互相的陪伴、关心、关爱,两人残存的激情、爱情。往实了说,看两人的日子是否过得更好,两人的孩子是否健康聪明。什么是亏损?没有这些盈利都算亏损。既然公司亏损,就怨不得合伙人撤资撤人。

当两本红灿灿的结婚证书摊开在我面前,我的前任和他媳妇儿在我面前签字画押的时候,我竟然莫名地有了一种自己其实是他们婚姻见证人的错觉。

唉！估计是因为最近发生的事情太让我萎靡不振了吧。

先说相亲。

前几天我妈又给我介绍了一个税务局的男人，好像又是她哪个老姐妹的什么弟弟的侄儿子。相亲那天，我又是一如既往地加班，在单位随便吃了口东西，晚上七点过快八点见面时，我和相亲对象在大商场里找吃的。他问我吃点什么？

我说随便吃点。

最后定了一家四川火锅。

我一下子没控制住，菜点得稍微多了一些。这哥们边吃边说："不是说了随便吃点吗？早知道就不来这家了。"

我默默记了一下，他抱怨"随便吃点"总计六次。

我没反驳，趁着去洗手间把单买了。

吃完饭，这哥们发现单已经买了，脸上瞬间的欣喜没有逃过我的眼睛。估计他觉得面子上过意不去，想跟我AA，我坚决拒绝。

吃完饭在商场里尴尬地闲逛，我借故口渴去超市买水，他说要陪我去，我又一次拒绝了，让他在超市门口等我。一进超市我就给他打电话，告诉他我临时有点事先走了。

相亲又以失败告终。

最近一则新闻很火，说一男一女第一次相亲，男方年薪过百万，出于礼貌让女方选地方。男方的原话是：随便选，什么都行，不用给我省钱。没想到的是，女方选了一家非常高档的海鲜餐厅。女方也真没客气，一口气点了十只虾，每只三百块钱，除此还点了象拔蚌，一千多，两盅燕窝、一道炒芥蓝、几个前菜和一瓶红酒。

男方说，要不要先吃，吃完再点？女方听了这话不太开心。在点完餐以后，男方看完菜单直接起身离开了，但女方照样吃了。这一餐花费五千块。女方后来很不爽，让男方分担一半的钱。结果男方说，我又没吃分担什么？最后的结局是，女方纠缠一番后，男方给了女方两千块钱。

网上说什么的都有，有人猜女方是酒店的饭托、酒托，有人说女方有病，第一次就要把男方吃穷。

更多的人在讨论"随便点"这句话是客套话，女方应该听得出来。

我这次也栽在"随便点"这句话上。其实直到今天，我也没想明白：他说的随便吃点到底指的是吃什么，便利店的包子？超市门口的卤煮？大排档的烧烤？

随便害死人哪。

听说我同意相亲，我爸也冒出来了，前段时间给我介绍了一个省事业单位的男人，好像是一个他什么朋友的儿子。本来见了一次感觉还可以，结果过了没几天，他让我带着他姐姐去我们医院妇科插队。他姐姐刚刚怀孕五周，我们医院的妇科产科是出了名的难挂号，B超室等候处人山人海，我告诉他没法插队。他不经意地说没关系，你们生殖科的B超室不是在这楼上吗？听说你们科不少业务是独立运营的。

他恭维道："梁医生，你是生殖方面的专家，前程似锦，年轻有为，做个B超对你来说应该OK吧？"

当然不OK。

凭什么因为我是医生,就要给你家人做B超啊?!

不过看在我爸的面上,我还是把脏话往肚里咽了咽。

想起我爸,我不清楚自己对他到底是一种什么样的感情。我实在想不通,当年他不惜一切代价要跟我妈离婚,到底为了什么? 他跟他的那个女人(原谅我,我实在叫不出后妈俩字)生的妹妹,现在已经是一名小学低年级的学生了。

话说前段时间,我爸临时有事打电话给我让我去接小妹,结果我差点被老师认为是小妹她妈。

吐血啊吐血。

我也老实不客气地在他面前吐槽:"麻烦你自己整出来的风流债,以后不要喊我去还! 和我妈已经过了一遍的生活又换个年轻女人再过一遍,真的那么有意思?"不过,话虽这么说,回来后这几年其实我很少见他,但每次一见面我就感觉他又老了一圈。上次见面,他牵着小妹走在我前面,我才注意到他佝腰驼背得厉害,已经有了上了年纪的人的步态,头顶上几缕花白的头发欲盖弥彰地妄想遮住后脑勺,哪还有十几年前风度翩翩中年男子的模样! 当时我就没来由一阵心酸,突然不怎么恨他了。

我估计我爸经常被认为是小妹的爷爷,他女人的爸爸。

还是茨威格说得好,他那时候还太年轻,不知道所有命运赠送的礼物,早已在暗中标好了价格。

4月8日
卵巢早衰偏逢意外

话说在我们科,我还真是孤立无援。大师姐已经解决了人生大事只待生二胎,小师妹也有交往多年的男友,以补小花为首的诸多护士年纪还小……

大师姐又开始张罗着给我安排相亲了。前几天她神神秘秘地塞给我一个条子,脸上满是地下革命工作者的表情。

原来是一个相亲群。

我在群里认识了一个男的,是个健身教练,发了一堆自己的肌肉照片给我。我实在是对这类型的人没有兴趣,勉强应付了几句便委婉地拒绝了他。结果第二天,我的QQ收到无数好友申请,言辞均颇暧昧,追问了其中一个我才知道,原来这健身教练把我的QQ发到了一个约炮群。

自从我又同意开始相亲后,就像水库打开了闸门,相亲的安排络绎不绝起来。关于相亲,我最大的感触是:相得越多,越觉得相亲队伍简直就是怪胎聚集地。

似乎我的职业容易让人误会,大多数相亲对象甚至在第一次跟我见面时就自然而然地提到生孩子。

其实我并不喜欢与非医生、非病人的人群讨论如此尴尬的问题。

可能在他们看来,我成天处理精子卵子的问题,所以是个随便的女人。

有人问,你既然是生殖科医生,那应该可以包生儿子咯?

有人对我的年龄百般挑剔,你既然是生殖科医生,自己怎么不早点生孩子?

我一开始还辩驳几句,后来实在有心无力。

中国女人非常忌讳衰老,说到根源,还是因为女性的生育黄金期太短。

年轻意味着什么?年轻意味着生殖能力强。

打开电视,女演员和女网红几乎都是同一种类型,尖下巴,大眼睛,粉嫩嫩的唇妆和腮红,一把年纪了拼命扮成少女样,据说叫什么"网红脸""少女脸"。补小花说:"网红脸和少女脸早已过时,最近流行一个词,处女脸。"

我有点好奇:"处女脸长什么样啊?"

补小花说:"我只听说过,从来没见过,但是我能肯定,绝对不是你这种女流氓的长相。"

我反唇相讥:"'处女脸'一听就像'绿茶'顶着的脸。没长那样一张脸,是我的幸运。"

好像某个著名女演员说过,现今影视剧里的女主角一般设置为年轻女性,所以女演员一过中年,就很难成为影视剧里的主角。中老年女演员,在影视剧里的位置,要么是妈妈,要么是丈母娘或婆婆。

似乎女人年龄一大，就丧失了吸引力，变成了可恶的"老女人"。

社会发展到今天，大多数男性的审美仍然是网络上说的"白幼瘦"。

这样一想我很庆幸，幸好我是医生，我们这个职业，可是越老越吃香的。

一个医生，哪怕抽烟喝酒脾气暴躁，哪怕白发苍苍皱纹满脸，但他有着二十年以上的医龄，医术高超，妙手回春，看了上万个女人的子宫，成功率百分之九十；另一个无不良嗜好，性格温柔，年纪轻轻，负责认真，将来也许会成为医学界赫赫有名的大教授，但他只看过一两千个女人的子宫，成功率百分之四十。

如果你是患者，你选谁？

答案不言而明。

当医生，经验太重要了。而经验，需要靠时间积累。最终在江湖上笑到最后的医生，至少得满足一个条件——长寿。熬到退休，除开特别不上进的那一类人，基本都是医学专家，个别还能成为医疗届的泰斗。其实这道理放在挺多行业都一样，多少都靠熬。就连当皇帝，也得靠活得长。比如乾隆活了八十多岁，封自己为十全老人，一辈子至少能在影视剧里恣意风流，如果他早早地死了，哪来那么多的风流故事可以写？

所以说就算当皇帝，命不长也憋屈。

我们科的谭主任就是这样。他本身就来自中医世家，又一向注重养生,养得面庞红润,中气十足,步伐稳定有力。据说他家祖祖辈辈的男性,没有早于九十岁去世的。

至于他们家女性长辈的寿命,倒是没有都超过九十岁,也有去世得挺早的女性长辈。于是我们私底下暗自揣测,他们家的许多秘方,估计只传男、不传女。

谭主任,投胎投得好啊。

可以预料,如果他不是家族例外,那么他就可以跟他们家的男性祖先一样活得足够长久。再过三十年,当各种各样的专家和泰斗都去世了,他仍然可以颤悠悠地坐诊,继续当他的金牌,哦不,按年份算应该是钻石牌送子观音。再过四十多年,当我们科的护士妹妹们都变成骨灰盒里的粉末躺在墓地里吹冷风了,没准儿他还能慢悠悠地在南城的公园里打太极。

到了那个时候,他完全可以出一本书,名字叫做《南城的百年孤独》。不过我,估计也跟护士妹妹们一样,没有机会翻动书页了——希望他到时,还能心血来潮地烧几本给我们拜读吧。

4月15日

不上麻药，有多疼

梵娜的试管婴儿方案定下来了，她不用打降调针，直接促排，然后取卵。

一般来说，大部分病人都需要打降调针，因为降调的作用在于抑制女性体内基础卵泡的自然生长，尽量避免出现单个优势卵泡。但降调针也有副作用，它在抑制卵泡生长的同时，也会杀死一些小卵泡。鉴于最近一次B超检查出梵娜的基础卵泡本来就只有四个，再打降调针可能到促排时又会少两个，我们果断决定，不降调，直接促排。

梵娜很乐观，她觉得自己比其他病友幸运。她说，我少打很多针，少受不少罪，还少花不少钱呢。

但是我们最为担心的情况还是出现了。

梵娜前天做的B超，当时看还有四个基础卵泡，打了促排针一段时间后再来看只有三个了，而且这三个可怜的卵泡中有一个长得比较快，另外两个长得非常慢，看来有可能她对这次用的促排药物不敏感。

我们给出的方案是，等这次的大卵泡成熟了，先把这一个大卵泡取出来冷冻，然后换一种促排药，看看她另外两个小卵泡能不能长起来。

当然我们也可以赌,这次直接放弃,等她休息两个月后我们再重新促排。不过,梵娜这么年轻就已经出现卵巢早衰的症状,实在无法准确预计她卵巢衰老的速度,两个月以后,谁也不能保证她的基础卵泡有多少个。也许还有四个,也许会变成五个,也许……一个都没有了。

"现在取卵会有什么样的风险?"梵娜问。

"现在取卵的话,由于另外两个小卵泡还没有长大,这次只能取成熟的那一个卵泡,为了不影响另外两个小卵泡的发育,我们建议最好不要麻醉取卵,所以会有一定的疼痛。"

"有多疼?"梵娜问。

"我只能告诉你会有一定程度的疼痛。但是以前也有一些女病人在取卵当天,由于一些原因没有上麻醉药也坚持下来了,她们中有的人取了不止一颗卵。所以你问我有多疼,我想,如果你愿意,应该可以忍受。如果你不愿意,我们也可以使用麻药,因为也有在促排的过程中需要做别的手术,非得用麻药的情况。"

"麻药对宝宝有什么影响吗?"

"我们当然不敢保证用了麻药完全没有影响。你也知道,现在取卵手术几乎都全麻,但是这次我们建议你不用麻药,也是因为你情况特殊。"

梵娜点点头。

"之前我们就遇到过跟你类似的情况,取第一个卵泡时全麻,结果接下来的一段时间,那两三个小卵泡就不长了。虽然可能不是麻药的影响,但谁也不敢百分之百地确定,我们只是尽量排除所有不利因素。当然也有可能,取第一个卵泡时无麻,后面两三个小卵泡还是不长。所以你如果要求用麻药我们也同意,但是你必须签知情同意书。"

短暂犹豫后,梵娜决定无麻取卵。

今天取卵,是我和陈主任搭班。我打头阵,给所有取卵的病人进行阴道抹洗。

我第一次在医学课本里看到"抹洗"这个词的时候,就在心里吐槽:这些医学家把女人的阴道当成什么了?脏水管吗?

成为临床医生以后我知道了,原来抹洗真的是用"抹布"擦拭女人的阴道和宫颈口——只不过所谓的"抹布"是棉球或纱布。

我一般很温柔的。

今天我的抹洗一如既往地温柔,不过看看躺着的女病人的表情,我猜被抹洗应该很不舒服。大师姐曾经跟我说过,当你抹洗到一定的数量,鸭嘴钳往里一放,就知道是松是紧。嗯,今天的女病人就很紧。不过考虑到我的身份,没好意思夸她。

今天谭主任不在,陈主任和大师姐掌舵。在谭主任和陈主任两人中,护士们普遍认为瘦头陀谭主任要帅过胖头陀陈主任。但我觉得胖头陀更帅。这一点,我谁都没说,因为我怕这帮人怀疑我的审美有问题。

我得收好我这本私密日记,千万不能被补小花等人看到,免得这帮人怀疑我的审美有问题。

其实,我比较喜欢陈主任的原因在于:谭主任会把女博士的头衔压在我头上,时不时地考我一些问题,让我紧张不已;而陈主任说话的语气,让我比较放松,有时候我还敢跟他开几句玩笑。

再加上,陈主任于我而言,还有一点特别的意义——我第一次在南城人民医院做取卵手术,就是陈主任带的。

我喜欢看他圆圆胖胖的手握着取卵针的样子,胸有成竹,干净利落,一抽一吸卵细胞就被安放妥帖了。有时候我会忍不住变态地想,他到底对妇女是有多热爱,才选了我们这个行当?

他在手术台上,我们很少烦闷,有无数的笑话和插科打诨。他取卵时不放音乐(放音乐是谭主任的喜好),一台手术说说笑笑就结束了,干净利落。

某次手术过程中,有个病人的成熟卵泡位置特别靠后,取得不好可能会刺破膀胱,万一取完卵后病人出现血尿就麻烦了。大家有点紧张,陈主任笑说:"我从小就摘果子,长在什么犄角旮旯的果子我都摘得到,这个跟摘果子的道理是一样的。"

如果说谭主任是高高在上的男神,陈主任就是接地气的开心果。

今天的手术,因为不能用麻药,梵娜有点紧张。手术前,护士给梵娜塞了一支杜冷丁。当手术室的B超机上又出现了我们熟悉的黑白画面时,我说:"梵娜,你这会儿千万不能乱动啊,有一点疼,忍忍就过去了。"

陈主任安慰道:"跟打针一样,我很快的。"

我说:"你不用特别声明,大家都看得出来你很快的。"手术室里,大家哧哧地笑了起来。

谈笑间,樯橹灰飞烟灭,梵娜珍贵的卵泡,完美取出。

4月22日

你在跟谁赛跑

谢天谢地,梵娜的另两个卵泡在我们更换促排药物后凶猛地长起来了。

这一次,我们可以让她不必那么疼,使用全麻手术。

不料梵娜提出:"医生,要不然我仍然不用麻醉吧。上一次取卵没有用麻醉也撑过来了,我觉得不疼。这次也就比上次多一颗卵泡,我觉得我可以的。"

"你为什么不想用麻药呢?"我问,"多少还是会疼啊。"

梵娜说:"听人说,麻醉用多了记性不好。"

我说:"麻醉科医生会根据你的体重和卵泡数量的多少来确定麻醉量,你的卵泡比较少,麻醉不会用多的。取卵手术全麻一是方便医生操作,二是能够减轻病人的痛苦。上一次不用麻醉实在是没有办法,这一次你睡一觉舒舒服服就取完卵了,为什么要自讨苦吃呢?"

我以为自己说服了梵娜,结果今天早上取卵,梵娜安排在第一台。我们麻醉师正准备过来给她上麻药时,她说自己吃过早餐喝过水了。

看来这次真没办法上麻药了,而卵泡必须今天取出来,不然会排掉。

我们问她:"你就那么不想上麻药?其实麻药并没有那么可怕。"

梵娜说:"我跟别人不一样,我只有三颗卵泡。如果这次不成功,下次再促排,能有多少谁也不知道——我要尽可能地保护我的卵泡。"

这话说得手术室里的医生和护士都有点心酸。

当一个人得了癌症,他做手术,是在跟死神赛跑。

当一个人得了卵巢早衰,她做试管婴儿,是在跟谁赛跑呢?

做医生的年限越长,越是感觉到有一个超越我们所有人的存在。这个存在决定了我们在世上是富有还是贫穷,是幸运还是不幸,是健康还是罹患疾病,而我们医生要做的,是尽可能地帮助病人在身体上超越这个存在。

气氛太沉闷,我转移话题,附庸风雅地跟梵娜闲聊起我知道的几个著名画家来,结果才聊了没三个,梵娜的卵泡就被全部取出来了。

4月23日

生殖科医生是医院最八卦的医生

南城五一节前的这段天气,时热时冷。

日子也如这天气,变幻莫测。

上次的无精症病人又来了,凶悍的老太太挂了谭主任的号。

小师妹绘声绘色地八卦道:"天!师姐,你知道谭主任怎么说的吗?谭主任拿着他的报告单看了眼,告诉他,确诊!无精!老太太的脸红得跟猪肝一样,问谭主任能不能做试管婴儿。谭主任说,无精症基本没有办法,哪怕你儿子只有两颗精子,我们也可以试一下能不能做出一对双胞胎,但是没办法,你儿子一颗精子都没有,试管婴儿不适合你家儿子。谭主任建议他们考虑让女方查下输卵管,如果输卵管没有问题,可以先考虑供精人工授精。"

我想想那画面,忍笑插话道:"那老太太什么反应?"

"老太太自然又是一百个疑问,那人工授精是什么呢?谭主任解释了一通。老太太好像反应过来了,说,谭主任你是说我家儿媳妇不能用我儿子的精子怀孕,得用别人的精子才能怀孕是吧?

"谭主任说是啊。

"老太太半天没说话,又问谭主任,我儿子这个毛病,吃中药能吃好吗?我们不想做什么人工授精,你能不能给我儿子开点中药治治啊?我不能接受孙子不是自己的!

"谭主任说目前无精症没有太好的治疗方法,一般还是采取供精人工授精来进行辅助生殖治疗,做供精一般是把供精人的精子和男方的精子混合在一起做人工授精。

"老太太想了一会儿追问,那也不能保证如果我儿媳妇怀孕了,一定是我儿子的……种吧?

"谭主任估计被雷到了,索性直接亮牌,说不能保证。"

大师姐点评道:"谭主任还是太含蓄了。什么叫不能保证啊,儿媳妇怀孕了也不可能是他们家的亲孙子。供精人工授精,纯粹是男性无精症患者的安慰剂。男人不行,就是不行——再勉强也行不了。"

"她儿子和儿媳妇就坐旁边,一句话没说,老太太神色黯然地跟着儿子和儿媳妇一起回去了。师姐,看到她那样,那一瞬间我挺难受的。那么大年纪了,估计她从来没想过自己儿媳妇怀不上是儿子的问题,我感觉她接受不了。你说她儿媳妇会跟她儿子离婚吗?如果是你遇到这种事,你会离婚吗?"

我说:"我不知道,不过如果是我,可能不会。"

大师姐在旁边重重地坐下,长叹一口气:"你俩还是太年轻啊!我在生殖科那么多年,看得太多了。夫妻没有孩子,如果是男方的问题,一般都还能过下去,如果是女方的问题,十有八九会离婚。"

大师姐说的我信。来我们科看病的夫妇,女人都翻来覆去检查了多少项目,直到查无可查了,男人才扭扭捏捏地来看病。

男人,比女人更难面对真实的自己。

"今天我的一个病人,又是卵巢早衰——也不知道这些年卵巢早衰怎么这么多——这病人前些年一直忙工作没有要孩子,后来三十多岁开始要孩子,竟然发现没有卵泡了,来我们科做供卵试管婴儿,一直在排队。她今天在我面前哭,说,医生我都排了五年了还没有排到,今年我已经三十九了,我老公四十多了。我再不怀孕,我老公真的要跟我离婚了。医生,我还要等多久啊?我年纪大了,什么时候才能轮到我啊?病人问这种问题,我也很无奈。卵泡是紧俏货,医院没有,我有什么办法?有时候我对病人真有点儿恨铁不成钢,生娃要趁早,早干吗去了!"

我的心一紧,还有五年我将三十五岁,到时候会不会也早衰?

小师妹说:"说来说去,还是取卵的环节太复杂,太痛苦了,所以做试管婴儿的人都不大愿意捐卵,加上买卖卵子又不合法。"小师妹哀叹一声,"为啥总是女人遭罪?"

我说:"可能女人更能承受痛苦吧。比如你看做试管婴儿的,其实不管是哪一方的问题,总是由女方承受更多的检查和治疗。前几天有个病人问我,什么时候能进周?我一看她的检查报告,子宫环境不好,估计还得做两次宫腔镜,就告诉她慢慢来,别着急。你知道这病人说什么?她说,医生,我已经两年没工作了,靠老公养着,我再不怀孕,我老公不知道还能养我多久。我除了告诉她即使如此,还是得一步一步来,我作为医生还能够做什么?我们从小到大,学校、家庭、社会总宣扬男女平等男女平等,事实上那么多年过去了,男女真平等了吗?我看啊,只要怀孕生孩子这事还是得由女人来完成,就没有什么男女平等。"

大师姐说:"怀孕还好,吐一吐就过去了。主要是生完孩子,女人要哺乳,要带孩子,要做家务,要陪孩子写作业,还要伺候老人打点家里的一切,想想真是路漫漫其修远兮。"

"这可能就是女人的使命。"

"什么使命?"

"受苦的使命。"

小师妹说:"妈呀,你们别再说了,再说我都不敢结婚了。"

大师姐说:"你有什么不敢的啊,有时候结婚不能太清醒,看得太清醒的女人结不了婚,"大师姐指着我,"比如梁丹妮。"

我说道:"师姐,不带这么说我的啊。我是没遇着合适的人,最近我也积极相亲呢,不过转了一圈又一圈,见了一个又一个,怎么发现就剩下些歪瓜裂枣了呢?"

突然听到陈主任的声音:"几个美女聊什么呢?"

大师姐说:"聊什么?声讨你们男人。"

陈主任说:"三个女人一台戏,看你们几个凑在一起,估计又是在八卦吧,怪不得别人都说生殖科医生是医院最八卦的医生。要我说,应该是生殖科女医生是医院最八卦的医生。"

大师姐说:"老陈,你别一上来就给我们戴帽子啊。你以为我们愿意八卦吗？每天问这些问题我们也很烦啊。你结婚几年了？避孕了吗？怎么避孕的？夫妻性生活正常吗？一周几次？其间有没有两地分居？你俩是初婚吗？你跟你老公没怀过，那你跟其他男人怀过吗？你俩是二婚啊？两个人都是二婚吗？你跟前夫的孩子身体健康吗？你老公跟你没有过孩子，那他跟其他人有过吗？就只差没问你们经常用的姿势是什么，每次持续时间有多长了。感觉我们比居委会大妈还要八卦，还要讨厌，还要喜欢挑拨离间。"

陈主任说："那你一周几次啊？"

大师姐笑骂："老陈你越来越不像话了，你老婆最近怀孕了没空管教你是吧？这俩大姑娘可是没结过婚的。"

我厚脸插嘴道："陈主任你这问题问得明显不到位啊，一周几次不重要，关键是每次的质量怎么样嘛。"

大师姐用手指着我，笑得说不出话来。

陈主任笑道："看到了吧？看到了吧？小梁这问题问得多好。所以说，你别小看了她俩，在生殖科混的姑娘，跟普通姑娘能一样吗？你别多想，我这是在关心你的二胎问题。"

小师妹已经羞红着脸出去了。

我也起身准备打水，走到陈主任身边时，拍了拍他的肩说道："你那么关心大师姐的人生大事，要不然你来帮忙好了。"

自然换来大师姐一顿胖揍。

4月26日
这种事竟然还需要帮忙？

梵娜的体外受精结果出来了。三颗卵泡，配成了三个胚胎，一个八细胞，两个六细胞。这个结果，已经是不幸中的万幸，我们比较满意。

补小花通知移植的病友"去喝水，使劲喝水"。等病友们喝水喝到想上厕所的时候，就可以移植了。

胚胎移植室里，梵娜再一次签上自己的名字。

涂了耦合剂的B超探头在梵娜的小腹上移动，几秒过后，子宫影像出现在移植手术室的监视显示屏上。我轻车熟路地打开鸭嘴钳，再一次抹洗，再一次确认："今天给你移植的胚胎是一个八细胞的和一个六细胞的。你再确认下是不是这样？"

梵娜躺在手术床上点点头。

"现在请把你的结婚证和身份证拿给我再核查一遍。"

我小心翼翼地把装有胚胎的移植导管放进距梵娜子宫底部一厘米多的位置——据说这是放置胚胎最好的位置，缓慢推注移植导管，停留十五秒后取出。我把内芯和外管一并交给实验室的宫瑾，他将确认有没有胚胎残留。

两分钟后,窗口出现了宫瑾比着OK的手势。

我把鸭嘴钳取出,对梵娜说:"你的胚胎已经放进去了,你可以在医院休息一刻钟后再回家。祝你好孕。"

"祝你好孕"是我最喜欢对病人说的一句话,因为这句话意味着病人的治疗暂时告一段落,她们的心情也可以稍微轻松一点。

祝你好孕,是生殖科医生真挚的祝福。

护工大姐过来推梵娜的手术车,梵娜突然扭头对我说道:"梁医生——"

护工大姐停下了脚步,梵娜脸上出现了不好意思的神色。"我一直有一个疑惑,移植以后,到底要不要躺?"

试管女病人,是最不把自己当病人,同时又最纠结的一群人。

她们纠结的事情很多:移植完能不能上厕所,移植回家后要不要躺,移植后能不能洗头洗澡,移植后能不能做家务,移植后要吃什么喝什么……打个喷嚏都怕孩子飞走了。

一些病人认为既然胚胎已经放到肚子里了,如果自己坐着或站着,胚胎容易掉下来,只有躺着小宝宝才会乖乖地留在肚子里。殊不知最新的外国文献表示,移植后的姿势跟成功率没有什么关系。

我曾经有个病人,移植第十四天抽血看结果时,她告诉我,她硬生生地躺了十四天,不洗脸不洗澡,连上厕所都是在床上解决的。病人把这个过程戏称为"孵蛋"。这个病人孵了整整十四天的蛋,可是第十五天月经准时来临。

我对梵娜说:"少躺,适当散步。"

梵娜狐疑地看着我,我摇摇头,估计她回家还是会躺。

午餐时间是医生交流探(八)讨(卦)各种病例的时间。补小花神经兮兮地说道:"你猜今天我跟着陈主任手术时发生了什么?"

我说:"我怎么猜得到。"

补小花说:"先跟你说一声,你那个病人,多囊卵巢的女老师,今天取了二十五个卵,腹水了。"

我说:"看来吃达英-35和打降调针也没把她的卵泡降下来多少。在打夜针的头一天,我记得B超显示她刚好有二十个卵泡,取卵时居然又多了五个。不过这事也没什么稀奇的啊补小花,最后一次B超照出来的,跟手术时取出来的卵泡相比较,上下相差几个很正常,多囊取卵后出现腹水也很常见嘛。"

补小花说:"下午你上系统就能看到病人病历的更新,这事儿我只是顺便通报你一嘴。梁老师你也知道,我们一般都是安排在女方取卵前,让男方把精子先取了。今天一个病人老公,怎么都取不出精子,着急得不行,后来取精室的同事也着急了跟我们联系。我们那边病人已经麻醉了,于是陈主任说,先取卵。卵泡当然很顺利地被取出来了,但是你猜怎么着?"

"怎么着?"

"取精室的同事让我们把病人叫醒,因为她老公还是没把小蝌蚪弄出来!"

"那后来呢?"

"后来他老婆就去帮忙了啊。"

"怎么帮的?"

"梁老师,你好坏!我怎么知道她怎么帮的啊。"

调戏护士是我人生的一大乐趣。

补小花作势要捶我,陈主任说:"梁丹妮,你又惹什么祸了?"

我连忙说:"哪有啊主任,我就是听补小花说我那个多囊的病人今天才取完卵就腹水了,我在想下次降调的时候,有没有别的什么好方法可以让多囊的基础卵泡少一些。"

陈主任说:"噢,那个病人,我记得。今天的二十五个卵泡,在多囊中很常见。我以前遇到过一个病人,降调了几次基础卵泡都没有降下来,取卵的时候,你们猜取了多少颗卵?"

陈主任弯了下大拇指,比了一个四——四十颗。

补小花一惊一乍:"四十颗。她快成小青蛙啦!"

引来大家一阵狂笑。

陈主任感慨道:"这是我有史以来取到的最多的卵泡。当时还没有全麻取卵,病人躺在手术台上痛得都快昏了。不过多囊的卵泡质量不好,取了那么多,当时也只配成了五个胚胎。"

"最后她成了吗?"大家都关心起这个素未谋面的女病人的命运来。

陈主任说:"成了,双胞胎。"

补小花说:"陈主任,过了那么多年,你怎么还记得那么清楚啊?你的记忆力也太好了吧!"

大师姐接话说:"再过多少年,你们陈主任也会记得。病人的样子长得怎么样,我们医生可能记不住,但是如果病人肚子里长着奇奇怪怪的卵巢、子宫、瘤子、息肉,不管过了多少年再看到这个人的片子,一秒钟就能认出来。"

用行话说,我们是真爱这"一房两厅"。

4月27日

哪儿还有心思做那事儿啊

一大早我刚到科室,还没到点上班,多囊卵巢的女老师和她的家属就已经在医生办公室门口等着我了。

女老师的样子就是典型的多囊取卵后的女病人模样,她两手扶着腰,肚子胀得老高,走起路来摇摇晃晃,像怀孕五月的孕妇。我笑道:"听说你昨天取了二十五个卵泡,真棒。"

女老师满脸愁容:"梁医生,我腹水严重,是不是不能移鲜胚了?"

我说:"你已经是卵巢超刺激了。现在腹水就这么严重,移植成功后,还会进一步加重你的腹水,所以我不建议你移植鲜胚。回去记得按时吃阿司匹林肠溶片,防血栓的,多吃点高蛋白食物,少食多餐,起身下蹲轻一点、慢一点——千万别做剧烈运动啊!"

女老师苦笑道:"梁医生,我哪儿敢啊,别说剧烈运动了,我现在连上下楼梯都是慢吞吞地捂着肚子,生怕被撞到。其他来做试管婴儿的人,还羡慕地看着我,以为我怀上了!她们哪里知道,我是腹水了。医生,如果我的腹水更严重了怎么办?"

我说:"针对腹水目前也没有更好的办法,就是吃高蛋白或者输蛋白让卵巢恢复得快一些,所以回去后,一定注意饮食,还有千万——"

旁边坐着的大师姐悠悠来了句:"千万别同房!"

大家笑得乐不可支。女老师说:"医生,我现在都这样了,哪儿还有心思做那事儿啊!"

这话说得我也乐了:"医生可没有跟你开玩笑,最近你要是做剧烈运动,可是有卵巢扭转或者黄体破裂的风险,那可比腹水危险多了。"

等女老师被搀扶着走远了,小师妹问:"师姐,你见到过卵巢扭转的病人吗?"

大师姐说:"我见到过。"

"怎么处理的?"

大师姐说:"也是这种多囊的病人。多囊容易腹水,你想,卵巢超刺激胀成原来的两三倍,再加上一肚子的水,卵巢韧带所承受的力加大,就容易在腹腔里晃动。那是好几年前了,也是一大早,一个病人被她父母扶着进了诊室,左侧剧烈疼痛,低热,呕吐,说是半夜开始疼,疼得都直不起腰了。我的手一碰到她的左侧附件区,就摸到一个包块,一碰包块,女孩就喊炸天。我一看不好,赶紧让护士推轮椅过来。后来经B超一检查,看到卵巢明显增大,形成多个囊肿,卵巢缺乏血流信号。"

"后来呢?"

"后来……一开始保守治疗,有几个复位的动作,我指导她让她慢慢做了。没用。我又对她做了阴道双合诊手法复位,"大师姐用手比画着,"一手的两指放入阴道,另一手在腹部,将她疼的那一侧附件朝逆扭转方向推,还是没用。折腾了一个多小时,病人还是疼得死去活来。当时谭主任一看这情况,发病已经超过了八个小时,再拖延下去,恐怕卵巢保不住了,赶紧联系妇科给她安排急诊手术。"

"再后来呢?"

"听妇科的同事说,一打开腹腔,就看到一边卵巢都已经发紫,于是切掉了大部分。再晚几个小时,生命都会出现危险。"

大师姐说完这个故事,办公室里一阵沉默。

突然听见大师姐的声音若有若无地环绕在办公室里:"我最近挂了老陈的号,他帮我开了一堆的检查,结果查下来我AMH[①]值比正常值低太多,卵巢储备功能降低,估计自然怀孕比较困难。他帮我看了各种检查结果,也建议我做试管婴儿。"

我一阵错愕,脱口而出:"师姐你真要做试管婴儿吗?你家妞妞也挺大了,又不是没有孩子,何必吃这个苦……"

不待我说完,她悲凉地摇摇头,吐出一句:"唉,他们家。"

看来大师姐并不是心甘情愿地想做试管婴儿,更多的是迫于家庭压力。

我不禁想到,来我们科看病的女人,又有多少是心甘情愿来

---

① AMH又称抗缪勒氏管激素,它是由女性的卵泡颗粒层细胞所分泌的激素,当卵泡长到4mm—6mm大以后不再分泌AMH。AMH值可作为卵巢内卵子库存量的指标。

做各种检查和手术的？有多少人是因为忍受不了周围人不怀好意的打探、所谓亲朋好友的关心、自己觉得时候到了再不生就来不及了的焦虑，才来做试管婴儿的？

如果女人的黄金生殖期跟男人的一样漫长，如果怀孕生子不是那么的艰辛，如果大家不再追求所谓的标配人生，现实会不会有所改变？

我迷茫了，女人的子宫，究竟是优势还是累赘？

5月4日

不想配合

这几天我们科的气氛很沉闷。

先是前几天,一个女病人被一个男人在走廊里追着打。男人嘴里不干不净地骂着各种难听下流的话,女人满脸泪痕,边躲着巴掌边哭着求男人。

男人是女人的丈夫。女人身体有问题,求着男人跟她做试管婴儿,男人不愿意,想直接离婚,女人不同意,非拉着男人来医院,然后双方发生龃龉,不知道为什么男人就动手了。

这两人拉扯推搡了一会儿,医院保安上来把人带走了。原来是罗护士长悄悄喊的人。

唉,可怜的女人!

我当时就对大师姐感叹:两个人在一起,需要两个人都同意;两个人想分开,一个人同意就可以了。怀孕这件事,还非得两个人都同意不可。

大师姐说错错错,怀孕这件事,两个人都同意还不够,两个人的精子和卵子还得点头同意。

我说,这不就是谭主任说的,精子和卵子,最好得谈恋爱吗?

大师姐一脸理所当然。谭主任说得没错呀,是得谈恋爱!不谈恋爱,精子怎么能够穿过卵丘细胞和透明带?不谈恋爱,精子怎么能够识别卵子表面特异性的分子?受精过程中的精卵识别、精卵结合、精卵质膜融合三步,不正好就像:我在人群中看了你一眼并且认出了你,接着我和你在一起,然后我和你形影不离——这难道不是精子和卵子在谈恋爱吗?有的夫妇精卵不能融合,不就是精子和卵子不肯谈恋爱吗?精子和卵子不肯谈恋爱,它们的主人肯谈恋爱又有什么用?

　　啧啧,大师姐真是咄咄有理。

5月5日

医疗事故，谁之过？

陈主任最近有点流年不利。

他的一个病人，取了十五颗卵，但受精失败，最后一个胚胎都没有配成。病人家属接受不了，带来乌泱泱一大群人，扯着缟白、写着"还我孩子"的巨大横幅，在我们科门口又吵又闹。他们骂陈主任是庸医，骂医院水平差，骂医生骗钱，总之你能想到的所有侮辱词汇都来了一遍。

走廊里其他病人听说受精失败，兔死狐悲，也交头接耳起来。

罗护士长顶在了抗战第一线，试着安抚病人家属。病人家属完全不领情，仍然骂个不停，让医院退钱，让医院道歉，让医院交出陈主任这个"狗日的医生"。

陈主任在大家的掩护下，躲进了女更衣室。

保安、医务科的人都来了，那群人骂骂咧咧地跟着医务科的人去谈判了。

病人失败，医生同样沮丧。更让人沮丧的是，病人花了钱，医生挨了打。在这件事上，没有谁是赢家。

很多时候,病人对医生的不理解是因为双方信息不对等。

受精失败在临床上比想象中常见。受精失败分为两种,完全受精失败和部分受精失败。如果受精卵占取出卵细胞的比例小于百分之二十,是部分受精失败。陈主任的这个病人是完全受精失败。每一次受精,受精失败(包括部分和完全)的概率高达百分之十五。

有的病人认为,现在试管婴儿技术已经非常成熟了,为什么还有受精失败这种事?病人有许多疑惑,不受精是因为医院的技术问题、精子问题、卵子问题,还是运气问题?

精子和卵子的受精是一个非常复杂的过程,包括精卵识别、精子穿透卵丘细胞、穿透透明带、精卵融合、卵子激活、精卵核融合、原核形成一系列的过程。任何环节出现异常都会导致受精失败。

陈主任给这对夫妇定的方案是一代。从受精结果来看,或许二代更为适合。但是二代采取的手段是单精子卵泡注射,精准受精,却会提高遗传缺陷方面的风险。具体到每一个病人,因为每个病人的情况不可能完全一样,有时候医生也不能完全确定哪一种治疗方式更适合他们。所以,医生也是在摸索中治疗。

那天我跟一个外行朋友提起了这个话题,她居然很能理解这一对夫妇。"他们闹很正常啊。如果是我遇到这事,也要去闹。我吃了那么多药,打了那么多针,花了那么多钱——肯定是你们医院哪里出了问题,否则凭什么大家都有胚胎,就我颗粒无收?你让人怎么接受?"

医疗事故,谁之过?

我跟她说:"受精的过程远比想象中复杂。受精的本质是什么？是创造生命。生命有那么容易被创造吗？医生是人，不是神。"

朋友说:"那我不管。我在医院看病，罪也受了，钱也付了，我就是顾客，顾客就是上帝。你们医院收了我一大沓钞票，最后告诉我，你们夫妻俩的情况太复杂，精子没了，卵子没了，胚胎没了，什么都没了。其他人都成了，凭什么就我人财两空啊？"

我说:"我们是医生，不是商场的营业员，不是餐厅老板，不是理发店的Tony老师。病人上医院，是来看病的，并不是来消费的，所以你不能认为你付了钱，医生和护士就要提供相应的服务。"

朋友冷笑:"拉倒吧！你们确实不是Tony老师。你们还不如Tony老师呢！在理发店里花了钱，且不论头发做得好不好，至少人家态度好。我在理发店烫头，如果不满意，第二天去，免费再烫一次。你们呢？人家第一次在你们那儿做试管婴儿，没成功。第二次做，你们给免费吗？"

"不给。"

"就是喽。如果受精失败这事很常见，你们就应该早说啊！你要说了，人家就可能不做了。你不说，人家当然怨你。"

朋友的一番话让我反应过来，原来病人认为，他们花钱就意味着购物，而购物意味着买到相应的产品或服务。来做试管的夫妇，默认他们花了钱，我们就必须让他们抱上娃。如果没成功，那就是我们的错。

悲哀。

出了这事,我们科人心惶惶。

在晨会上,医务科的人召集了我们科的全体成员开会。在会上,陈主任的另一个病例也被揪出来进行了批斗。

这个病人降调、促排、移植都很顺利,但是宫外孕了。情况特别的是,一个胚胎在输卵管内,一个胚胎在子宫内。

她移植后第三十天的 B 超是宫瑾做的——那天陈主任出差。宫瑾以为孕妇仅有一个胚胎着床,没想到另一个胚胎宫外孕了。后来病人因为腹痛流血就诊,当时陈主任吓了一跳:已经能看到卵黄囊如虫卵栖枝般附在摇摇欲坠的输卵管上——宫外的那个胚胎已经发育得很大了。

发现时间过晚只能开腹手术,最终病人的两个胚胎都没有保住。

病人情绪激动。她很不理解,胚胎是直接放进子宫的,为什么还会有宫外孕?如果做试管婴儿有宫外孕的可能,为什么整个过程中没有医生提醒?

医务科的人说:"别说病人不理解,我也不理解。既然有这样的风险,你们为什么不提前告知?"

人的身体就是一座迷宫,机关万万千千。

这一座迷宫,却都是由一颗受精卵分裂来的。如果病人需要从医生那里了解其中的每一个步骤、每一个环节、每一个变化,她可以去读医学院了。

医务科说:"你们明明可以在合同里写上治疗过程中会遇到

的所有风险。希望以后再也不要有这样的事情发生。"

"所有风险？"

"所有。"

大家心情都很沉重。

小师弟宫瑾尤甚。陈主任说："宫外孕很正常。严格说来，这也不算医疗事故。以前隔壁妇幼有个病人促排期间猝死，家属闹得非常大，后来查出原来是病人隐瞒病史，患癫痫多年。最终医院赔了这家人一大笔。平心而论，虽然死了人，但这能叫医疗事故吗？医疗事故到底是什么？放错了胚胎——肯定是医疗事故！"

"医疗事故"这四个字听得我们胆战心惊。任何行业都能犯错，唯有医生不能。但是，医生也是人，是人就会犯错，何况我们面临的是那么复杂的生理和生理变化。

谭主任说："我们的病人，心理压力超过生理压力，心理疼痛超过生理疼痛。很多信息不说明，本来是不想给病人增添那么多压力。但是事情出了，我也在反思，在信息共享方面、风险告知方面，我们确实做得不够好。"

大师姐在会上说了一个案例。

她说："这事都憋了快一年了，我一直没敢说。今天借着这个会说出来。谭主任去年下乡的时候，他的一个病人刚好在此期间移植。移植那天，刚好轮到我当班。在移植前核对结婚证和身份证时，我突然觉得躺着的女病人跟照片里的女人有点不一样。于是问道，你老公叫什么名字？女病人一副突然想不起来了的样子,张口结舌,过了半天才答上来。我觉得其中有诈,马上停止了移植。后来一盘查,原来是代孕!"

所有人冷汗涔涔。

谭主任说:"这件事情你不该现在才说。当时就应该告诉我!幸好这一年没发生这样的事,现想来真是心有余悸。看来以后我们科也要引入指纹识别了。病人会说谎,身体不会。所以,以后我们还是要相信身体。"

谭主任指了指我:"倒是提醒我了,我们科今年也被医院分派了'医疗专家进乡村'的任务,过几天你跟我下一趟乡。"

"我?"我用手指着自己的鼻子。

大家幸灾乐祸地看着我。

陈主任鼓起掌来:"好事啊好事!"

我恨恨地剜了他一眼。

5月7日

负能量

今天一上班就发现,我们科走廊里原来的宣传画摘掉了一些,新增了"试管婴儿受精失败的原因""试管婴儿宫外孕原因""试管婴儿胎停原因"等说明性的宣传画。

有病人反映宣传内容触目惊心,负能量很高,不利于胚胎着床、孕后养胎。

罗护士长说,你们就当学习相关知识,对试管婴儿的最终结果在心态上也学着放平和一点。

我在科里发表了医院不是服务机构的言论,被谭主任听到了。他说:"医院的英文是hospital,该词来源于拉丁文,原意就是'客人'。因为一开始设立hospital时,它是供人避难的场所,还备有休息间,让来人舒适,的确有招待的含义。后来,才逐渐成为收容和治疗病人的专门机构。"

这么看来,医院还真是提供服务的机构。

谭主任说:"医生在保护好自己的前提下,应该对病人宽容一点。"

不要忘记我们曾宣誓的《希波克拉底誓言》。①

永远不要忘记。

---

① 《希波克拉底誓言》是希波克拉底警诫人类的古希腊职业道德的圣典,是约2400年以前希腊伯里克利时代、中国孔子时代,向医学界发出的行业道德倡议书,是从医人员入学第一课要学的重要内容,也是全社会所有职业人员言行自律的要求。要求正式宣誓,没有医护人员不知道希波克拉底这位历史名医的名言。

5月14日
有人向我开价几百万生男孩

我们医院最近在开展"医疗专家进乡村"基层医疗专题讲座。我和谭主任被派往南城周围的县城巡回演讲,演讲主题跟我们科的工作相关,目的是让试管婴儿的相关知识在农村及偏远地区得到普及。

短短几天,我们跑了近十个县城,讲座的主要受众是基层医院、地区医院的医生和护士,但在有的地区,也有病人在下面听讲。

整个下乡活动走一圈,我越发感到,试管婴儿技术不仅在普通民众中存在误解,甚至一些医务人员对此也有极大的偏见。

医务人员的困惑主要集中在:通过做试管婴儿生的宝宝可能存在缺陷,容易流产吗?减胎会引起流产吗?取卵术后可能出现的并发症和应对处理有哪些?试管治疗每个节点的注意事项和应对处理有哪些?

而病人对试管婴儿最大的担忧是:在试管的促排卵过程中,会不会把女性的卵提前用完了,以后会不会没有卵子可用,导致更年期提前?

在不用药的情况下，一个正常女性每个月的一批基础卵泡中，仅有一颗卵子会生长发育并排卵，这一批卵泡中的其他卵子随之凋亡。而打促排卵针能使这部分原本会凋亡的卵子也长大成熟，这属于"变废为宝、资源回收"，不会额外耗损卵子的库存量，所以不会使更年期提早。

另一些病人纠结的问题是：试管婴儿出生的孩子是自己亲生的孩子吗？医院做了哪些措施保证不弄错？

当我第一次被问到这个问题时，真是被雷得外焦里烂。如果通过试管婴儿技术做出来的孩子不是病人亲生的，估计医院生殖科要被关门八百遍了。

试管婴儿的确是"医院制造"，却不是很多人想象中的一直放在试管里。一般一个胚胎，最多在实验室被培育为有囊胚腔的细胞团——我们称为囊胚，之后就要被移到母体中或者冷冻起来。

在回来的车上，我对谭主任说："原来不少求子的夫妇不接受试管婴儿的最大障碍，是他们一直认为试管婴儿是医院用医学方法为他们'人工制造'出来的，或者以为医院是用卵子库的卵子或精子库的精子为他们培养出来的，并不是他们自己的亲骨肉。这种问题，如果不是我亲耳所闻，简直难以置信。"

谭主任说："你以后多工作几年就知道了。现在似乎技术是进步了，可是人的观念改变起来却非常难。前几天我有个朋友的女儿打算做试管婴儿，但是她担心很多问题：做试管婴儿老得快怎么办啊？做试管婴儿后会增加罹患乳腺癌、宫颈癌的风险吗?还有一些人,对试管婴儿有另一种误解,觉得试管婴儿很容易,一次能生两个娃,真好。二孩政策还没有彻底放开之前——那时还在施行单独二孩政策——我有一个熟人的儿子,他娶的老婆不是独生子女,他们就来找我,谭主任,能不能让我们做试管婴儿,这样可以一次生两个。"

我问:"那您怎么说的?"

谭主任说:"断然拒绝。我告诉他们,既然能够自然怀孕,为什么要来做试管婴儿?没有必要,不符合做试管婴儿的条件。这个熟人又让我开些促排卵药,我怎么会开?后来听说,这熟人的儿媳妇还是生了一对双胞胎儿子。不过我还是得罪人了,他家的百日宴都没请我。"

我本来想说"那多好,还省了一份份子钱",但是看到谭主任严肃的面孔,吓得赶紧把话吞了回去,说道:"其实他儿子和儿媳妇不用吃什么促排药,自己应该也可以自然怀孕吧?谁想到全面二孩政策这么快就放开了呢?"

谭主任长叹一声:"是啊。你没发现近几年来我们科看病的人中,四十多岁的病人比以前多了不少吗?以前大多是怀第一胎的病人来看病,现在好多都是怀二胎的来看病。前段时间我遇到的一个病人,已经四十六岁,儿子都快大学毕业了。她卵巢功能非常不好,想做试管婴儿。我就跟她说,你又不是没孩子,如果没孩子你来做试管婴儿,我们还可以一试,你已经有孩子了,就没有这个必要了。你说这样的人也来做试管婴儿,简直是对医疗资源的浪费。"

我频频点头回应道:"主任你可能不知道,女人的世界有时候很艰难。其实有的女人自己未必想做试管婴儿,她们也是被现实逼的。我曾经有个病人哭着求着要做试管婴儿,可是她有高血压,身体条件不适合呀!我当然不同意她进周,你知道她说什么吗?她跟我说,她是二婚,第一个老公家暴,而第二个老公对她和前夫的孩子都特别好,但是他们夫妇一直没有自己的孩子。以前也没听说过有试管婴儿,所以现在才来看病。谁知道一检查身体,她的老公精子活力不行,而她竟然有高血压。她说,我现在的婚姻什么都好,就是跟现任缺个孩子。没有孩子不行啊!家人和外人都说三道四。我不怕高血压,我怕没有孩子家庭会破裂。为了后半辈子的幸福,我愿意拿命赌一把。

"我当时就说,你愿意赌,但是我作为医生不能让你赌!再怎么着急怀孕,还是要先治好病。结果这个病人幽幽地来了句,我等不起啊,医生。"

谭主任说:"小梁,你发现没有,我们科的病人更多的是心理上的负担。社会和家庭给不孕夫妇的压力太大了。其中女性的社会压力可能更大些,因为生孩子这件事是由她们来完成的。你还记得这次我们在瓮县时,追上来堵我们俩的那个女病人吗?"

我说:"就是那个穿了一身苗族服装,盘着很大发髻的病人?"

谭主任说:"对,就是她。二十岁结婚,十年不孕,三次造影,八次通液——甚至在一个月内她竟然通液过两次,也不知道是哪个医院的医生让她做的,简直胡来!我翻看了她的造影片子,输卵管全部堵塞,照片子都看不到了。堵得那么严重,通液有什么用?!除非做宫腹腔联合手术——都不一定能怀孕,输卵管出问题,最快的还是试管婴儿。我建议她做试管婴儿,她说什么你还记得吧?"

我说:"当然记得。她说,医生,我不是怕吃苦不做试管婴儿,我是做不起试管婴儿啊!我们告诉她试管婴儿花费三万左右,试试跟亲戚朋友借钱来做。她说,医生,你们骗我,我认识一个人,花了十万块都没有做下来。我不是南城的人,一做试管婴儿,就不能去打工,至少半年没工作,看病、吃饭、住店,半年起码要花五六万,我哪里做得起啊?那么多年,我家里也就只存了五六万。做了试管婴儿,如果怀上了还好说,如果没怀上,那钱是不是都没了?到时,钱没有,娃也没怀上,我怎么有脸面对家里人啊?医生,不是我不想做,我是做不起啊!等过几年我攒够了钱,再去你们医院做试管婴儿。"

谭主任叹了口气:"她现在的年龄正适合做试管婴儿。再过几年,卵巢一老化,即使做,成功率也降低了。但是我实在不忍心告诉她这个事实,因为我也不敢保证,她如果做试管婴儿,一定能够成功……那天看到她,我心里突然想起一个人。那个人曾经跟我说,只要你让我媳妇生两个儿子,我就给你们科几百万的赞助。我说钱,我的确缺,但是我不要你的。生男生女,那都是自然规律、老天爷的意思。国家法律也规定不能够这样做!小梁啊,你看穷人连做试管婴儿的钱都没有,有钱人却想贿赂医生选择性别。有句话怎么说的,生死面前人人平等,但是生死面前真的人人平等吗?"

  谭主任的话让我们两个人都陷入了沉默,之后我们一路无话。车从颠簸的乡间土路驶向时不时飞起碎泥的省级公路,再驶向平坦、不断向前拉伸延展的高速,我们似乎是从苍凉驶向热闹,从偏远驶向繁华,从蛮荒驶向文明。天逐渐暗下来,夜幕降临,我们乘坐的车仍然在高速路上飞奔。还看不见城市,除了高速路围栏上闪耀的白灯和每隔一段路高高竖起的暖黄色路灯,远处一片黑暗。

5月16日
认知误区

下乡这一段时间，老妈竟报名参加了一个插花班。

家里每天鲜花不断，鸢尾、非洲菊、月季、康乃馨摆了一屋子，我时时疑心自己走到了医院的高干病房。

一大早，老妈又在侍弄她的花花草草，换换新水，剪剪切切，扔掉枯枝败叶，顺便往花瓶里扔了一颗阿司匹林。

"怎么样，好看吗？"她兴冲冲地问我。

碧绿的鼓形景德镇瓷瓶，瓶口伸出一枝绛红色玫瑰，层层花瓣撑开，已是开了八分；一枝棕色枝丫蜿蜿蜒蜒地从瓶口左面伸出来，分成三股；几缕细长笔挺的翠绿配草斜靠在瓶口右面，确有几分相映成趣之美。

我赶紧使出洪荒之力赞美一番。

老妈的眼睛仍然盯着她的杰作，说道："妮妮，那个……肖然最近怎么样？"

我一口水差点喷出来。"老妈，我好久没看见他了，怎么样不清楚——不过他媳妇的情况我倒是一清二楚，已经开始打针了。"

"啊，那么快，"老妈叹道，"你当年为啥选生殖科？如果在别的科,还可以在病人家属里面寻思寻思,利用一下资源,看有没有合适的。唉,你们科的病人和家属全是准备要孩子的,怎么在里面找对象啊?"

一说到这个问题,老妈真是无所不用其极。我唯有溜之大吉。

到了科室,小师妹正在给病人开讲座。我往人群里瞅了瞅,看到刘芸也在里面听着,手里拿着小本子在记笔记。

我目不斜视、昂首挺胸地朝办公室走去,小师妹的声音在走廊里回荡。"大家一定不要觉得,因为自己在做试管婴儿了,需要多多休息,然后每天在家里躺。"

一阵哄笑传来。

"所有人都要适当散步。胰岛素抵抗高的,每天一万步;正常的,每天六千步……大家记得,最近多吃点高蛋白的东西。什么东西高蛋白?鸡肉、牛肉、鱼、虾、牛奶、鸡蛋……还要多吃什么?水果、蔬菜……"

我打开电脑,追踪了一下目前手里头几个病人的治疗进度。感觉才坐下一会儿,小师妹就进来了,拖长了声音唤我:"师姐——"

"你这就讲完了?"

小师妹叹道:"累死我了——主要是心累。病人为什么总不爱听我们的话?今天有八个病人来问我,她和她老公用不用吃蛋白粉?我告诉她们,没有必要额外补充蛋白粉,因为从食物里可以获得充足的蛋白。解释归解释,病人还是怀疑。有病人说,她们说了,不吃蛋白粉怕卵泡长不好。我说,她们是谁?病人不说话了。"

我笑道:"她们还能是谁?肯定是以前做过试管婴儿的病友。"

小师妹拧着眉:"无语啊。当时我就怒了,我说,你们是愿意听她们的,还是听医生的?这帮人才弱弱地回答,当然听医生的。但她们回家以后,会不会乱补充蛋白粉,我可不敢保证。"

我说:"你也别太担心,稍微吃一点蛋白粉也没多大坏处。在我们科混迹的病人,几乎人人都认为自己是造人专家。我发现凡是跟怀孕沾边的,能吃什么,不能吃什么,以讹传讹的段子可多了。我前几天逛了下网上的论坛,各种讨论简直热火朝天。有些病人,连吃什么水果都有讲究:寒性水果不能吃,热性水果不能吃——这也罢了,还有各种说法,说什么苹果减内膜啦,香蕉萎缩胚胎啦……反正各种匪夷所思。归纳到最后,居然只有三种所谓的温性水果能吃。"

"哪三种?"

我伸出三个手指头:"一、西柚,因为叶酸含量高;二、猕猴桃,因为维C含量高;三、葡萄,孕妇吃了葡萄生出的婴儿眼睛明亮有神,像葡萄一样好看。"

说到这儿,我们都觉得特别荒谬,憋不住大笑起来。小师妹笑得上气不接下气:"敢情……吃几串葡萄……孩子眼睛……就能长得好看,那就应该全国大力推广孕妇吃葡萄……各地广泛种植葡萄,这能……极大提升我国人民群众的颜值水平……"

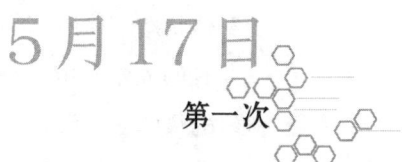

5月17日
第一次

从县城回来后,我又投入到了紧张繁忙的临床工作中。

我们科的工作归纳起来八个字:门诊、取卵、移植、科研。如果说前三项是病人熟识的医生工作,那最后一项——科研,在生殖医学中则有着不可替代的重要作用。

生殖医学的科研五花八门,有讨论不同治疗方案的研究,比如:长方案超促排卵过程中激素变化趋势对试管婴儿结果的影响,拮抗剂方案具体适合哪一类病人群体,怎样精确定位HCG针剂时间,等等。

近几年,中医辅助生殖医学方向的研究也比较热门。只要登录科研平台,就能看到不少中医与试管婴儿相结合的研究,比如针灸对子宫内膜血流的影响,补肾中药对卵巢以及子宫内膜容受性的影响,麒麟丸对男性精子的改善……

我们科谭主任在这方面颇有心得。我记得他曾说过,各种疾病的根子在于阴阳不协调,人体的部位、脏腑、经络都有阴阳。当作息不规律、饮食不节制时,人的阴阳就会失衡,而失衡到一定程度,则会形成疾病。中医辅助试管婴儿,可以让母体在最优的身体状态下移植,有利于提高试管婴儿成功率。

有的人不理解为什么医生也要科研,那是因为他们不懂得科研的目的——科研是为了更好地指导临床。

夸张地说,生殖医学根本就是建立在科研上的一门医学分支。

虽然病人总认为我们无所不能,甚至认为我们是上帝一般的存在。但其实生殖医学这门学科,从建立之初就在摸着石头过河。

所有的生殖科医生都会记得两个重要的历史性日子。

1977年11月10日,两位英国医生对一名英国妇女施行了体外受精治疗。

1978年7月25日,全球第一例试管婴儿出生,体重约2608克,女婴。

这个婴儿的降生,除了伴随着父母的企盼、医生的自豪、媒体的关注、不孕者的希望外,更多的却是人们无端的猜测和对未知的恐惧。没人知道她是否有隐藏的身体缺陷,没人知道她以后的生长发育是否能够正常,甚至没人知道她到底能活多久。

然而直到今天,她仍然健康地在英国西部活着。她的存在,是对所有质疑和恐惧最有力的还击。迄今为止,已有一百四十多万试管婴儿出生,分散在世界各地。

在我选择生殖医学这个专业之前,就听说过中国试管婴儿之母卢教授的故事。当年正是这个英国小女婴的诞生,才给了她极大的勇气和信心,随即开辟了中国试管婴儿技术漫漫求索的道路。

卢教授本是一名外科医生,在她三十九岁那年转行,走上了生殖医学的道路。传说当年,别说取卵,她连人的卵子都没有看到过。怎么办?去英国取经。她每天在英国人的手术室门口等。一开始英国人不让她进手术室,她干脆抱着水壶在手术室门口等,后来终于说服了英国人,同意让她进手术室观摩学习。

1983年1月16日,在卢教授的指导下,中国第一例冷冻精液人工授精婴儿诞生了。

其间,卢教授面对的科研上的艰难险阻、传统观念的桎梏与挑战,我没有办法想象。这些故事,可能对普通人来说平淡无奇,与自己毫无关系。可是我知道,对于每一对遭受不孕的夫妇来说,对于每一个生殖科医生来说,这些看似平淡无奇的故事背后蕴藏着多少希望和力量。

我喜欢轻轻推开实验室的大门,穿上白大褂,戴上无菌手套,在显微镜下观察受精卵分裂生长时的心情。每次都如第一次相见般怦然心动。

一开始是一个小小的、圆圆的形状,外面形成了一层薄薄的光圈。经过三十六个小时,一个小圆变成了两个小圆,中间的一部分重合在了一起。再经过十二个小时,两个小圆变成了四个小圆。每隔十二个小时,小圆分裂一次。到了第三天,八个小圆重合在一起,形成了一个八细胞胚胎。它娇嫩如花,瓣瓣相叠,小小的光圈托着它,细胞上的小空泡如露珠般伏在上面,特别可爱!

生命太奇妙了！这就是我第一次看到八细胞胚胎时的发自内心的感慨。我以前一直以为细胞就是细胞，它们渺小、脆弱、平凡、不堪一击。但当我生平第一次看到八细胞胚胎时，我一瞬间就爱上了它们。

第一次走出IVF实验室，我靠着走廊的大白墙细细体会。大师姐笑道："看你那心醉神迷、魂不守舍的样子，跟丢了初夜似的。"

我说："初夜哪儿能跟这相提并论？受精卵太可爱了，它们的形成过程太神圣了。从医这些年，说起来我已经见到过受精卵无数次，但每次见到，我还是会感慨：生命本身，就是奇迹。大言不惭地说一句，我想我天生就适合当医生，而且天生就适合当生殖科医生。我太喜欢这种感觉了。你相信吗，可能听上去有点变态，我喜欢受精卵，喜欢胚胎，喜欢看它们在显微镜下轻轻抖动的小模样。我这刚出实验室，就已经开始对它们牵肠挂肚、茶饭不思了。"

大师姐笑道："彼此彼此。一个人不可能天天跟自己讨厌的人或事打交道。今天只是你的第一次。随着时间的流逝，你会越来越喜欢它们的。你今天只是做的一代，等你以后做二代，当你有机会挑选一只你看得最顺眼的小蝌蚪，拿镊子帮它穿过圆圆的卵泡，再看着它们合二为一，看着这颗你选定的受精卵一分为二，二分为四，四分为八……你会有一种既有点舍不得让它离开，又期待它离开的心情。"

不过，有的胚胎不够强大，分裂得太慢，或者分裂得太快，长得也歪歪扭扭的。这个时候,你会很难过,因为这就意味着它们短暂的生命已经抵达终点。或者说,它们根本就没有机会成为生命。这个时候,我们只能放弃。

所幸,它们中的大多数都可以分裂成为八细胞胚胎,然后被放回妈妈的子宫,在它妈妈的子宫里一点一点分裂,一点一点长大,直到成为一个婴儿,呱呱坠地。这个婴儿又渐渐长大,读书、上大学、走向工作岗位。有一天,他/她还会结婚生子,一代一代繁衍下去……

这种想象的喜悦,无法言喻。这项工作的成就感,甚至不能用金钱来衡量。

大师姐说:"你知道我们科跟别的科,最大的不同是什么吗?大多数科室要么从病人身体里减东西,要么让病人身体恢复到跟以前一样;我们科室,是往病人身体里添东西。"

是的,生殖科医生最激动的时刻,不是在取卵时,不是在移植时,而是在实验室里,显微镜下,静候生命的种子悄悄发芽——等待它长成一个完美的八细胞胚胎。它是人之所以能够成为人的关键一步,是生命中第一道生死攸关的坎,是生命形成最初的印迹。

我爱它。

5月25日
造 化

丈夫是无精症患者的女人在我们科做了供精人工授精。

手术当天,她的丈夫来了,婆婆没有来。

我心里莫名地对老太太起了几分挂念。这件事情,她接受得了吗?如果接受了,为什么今天不陪着来呢?如果没有接受,这对小夫妻是瞒着她的吗?在女方身体没有问题的条件下,这种供精人工授精的成功率挺高,如果她儿媳妇这次成功怀孕了,等待这个孩子的,又将会是什么样的命运?

我不敢深想下去,只默默地祈祷女病人一切顺遂。

日子过得飞快,刘芸也打了夜针。再过三十六个小时,她就可以取卵了。

夜针过后第二天,在诊室里我又见到了刘芸夫妇。我纳闷了,按说这个时候他们只要在家好好休息就可以了,来见我做什么呢?

刘芸说道:"梁医生,我有一个疑惑,如果不问你心里实在没底。想到明天就取卵了,更是紧张,再不问就来不及了——我们需不需要从一代试管转为二代试管?"

我哭笑不得:"你们的方案很早就定了是一代。明天一早就取卵了,为什么会在这个时候有这种想法?"

刘芸局促不安,扭着身子,有点不好意思。"最近经常逛试管论坛,看到有个姐妹从来没有怀过孕——一次都没有,她做的一代,结果一个胚胎都没有配成。这消息可真吓到我们了。因为我和肖然也从来没有过孩子,担心万一授精失败怎么办。我想,如果是二代试管,至少不会一个胚胎都没有吧。"

肖然尴尬地咳了一声。

我看了眼他俩,想笑又不敢笑,只得宽慰说:"你不孕的主要原因是输卵管损伤,你们的精子和卵子都没有遇到过,当然不会怀孕。做一代还是二代,不是以之前是否怀过孕作为指征。男方精子没有什么问题,一般情况下,一代应该就可以了。至于胚胎没有配成,原因太多,有可能是取卵时间过早或过晚,有可能是精子畸形率太高,也有可能是卵泡质量太差。当然还有一种可能,有一些夫妇的精卵就是不能结合。"

刘芸脱口而出道:"那如果我们的精卵就是不能结合,怎么办?"

两人目光炯炯地盯着我。

我叹一口气,说:"所以你取卵后必须保持手机通畅。如果这种情况发生,医院马上会跟你们联系,争取把你们的方案从一代调整为二代。"我突然想起前段时间病人对陈主任的投诉,狠下心说道,"不过,如果真的出现这种情况,医院也不能保证调整方案后一定能够受精成功。"

造 化

刘芸的语气突然变得很绝望,问:"为什么?"

我无奈地摇摇头,说:"虽然现在试管婴儿技术已经很成熟了,但是不论在世界上哪个国家做试管婴儿,受精失败的情况仍然不能避免。有的夫妇,可能这一次取卵不受精,下一次就受精了。也有可能这一次受精了,下一次取卵又不受精了。精卵为什么能结合这个问题……在某种程度上说,是生命的奥秘。"

刘芸和肖然显出失望的表情,但仍然点点头,表示理解。

做生殖科医生越久,越能理解病人的顾虑。我发现相较于男病人,女病人的顾虑更多、更细致、更具体。

一开始,担心身体不过关不能进周;进周了,开始担心卵泡不长;卵泡长大了,担心卵泡长得太快或太慢;快取卵了,担心卵泡提前排掉;取卵完毕,担心自己的胚胎配得不好;移植了,担心不能着床;怀孕之后,更是接踵而来的一个接连一个的担心:HCG血值不好怎么办、胎心胎芽看不到怎么办、唐筛不过关怎么办……可能这是母亲的本能,抑或是雌性动物的本能吧。

试管路上,有太多的不确定。

宫瑾说,在医院待得越久,越不相信医学。

陈主任说,在医院待得越久,越体会到一个生命要想来到这个世界,还是需要点造化的。

5月26日

谁说为人父母者，不需要经过考试？

已经到了取卵手术病人报到的时间，刘芸和肖然还是不知所终。

"人呢？通知了吗？"我冲补小花喊道。

补小花说："怎么没通知？前天夜针时都交代几遍了！不是听说刘芸是你的熟人吗？"

我被呛得哑口无言，只好掏出手机，在通讯录上翻到了最近六年没有拨过一次的号，略一迟疑，还是按了接通键。过了一会儿，耳边传来规律的"嘟——嘟——"声。

并没有人接。

一个念头冒出来，换号了吧？我苦笑。

补小花急赤白脸，气得转圈。"不管啦不管啦！这些病人，太不负责任了！到时候卵子老化或者排掉了别来怪我们！"

正在我们急得五内如焚的时候，肖然牵着刘芸出现在楼道口。我一扭头，刘芸看到了我，往前小跑几步向我奔来。我脱口而出道："慢点慢点！别跑！想什么呢，一肚子的卵泡！听课听到哪儿去了！"

迅速消毒，抹洗，麻醉，手术。

三天之后，刘芸和肖然的结果出来了。我盯着结果想了想，通知护士打了个电话。

刘芸和肖然一起来了，如小学生般端坐在我的面前。刘芸笑说："梁医生，结果怎么样啊？我当年高考都没有这么紧张。"

我突然想起了网上指责熊孩子父母时经常出现的一句话——一想到为人父母不需要经过考试，就觉得真是太可怕了。

然而事实上，做试管婴儿的病人们，她们的身体需要经过一层一层的考试，但凡一个环节没有通过，就不能为人父母。这样一想，我又觉得病人真的很不容易。

肖然也期待地看着我，他的眼神，与我之前见过的病人丈夫的眼神似乎没有什么不同。不安，焦灼，期待，仿佛一个等待老师揭晓考试成绩的学生。

他只是一个想当父亲的男人。

我心里仿佛被泼了几滴醋，有一点泛酸。定了定神，把受精情况简要说明了一下。"总之，你们一共五个胚胎，等级都不高，一个六细胞的，一个五细胞的，三个四细胞的。"

刘芸脸上出现了失望的神色。"那么少啊？"

肖然自然而然地伸手搂住她。"你还要生多少？于我而言，一个就够了。"

当前任和前任的现任在我面前打情骂俏时，我仍然稳坐钓鱼台。我暗暗佩服自己的定力，但还是无情地打断了他们。"这次你们的胚胎等级不高，四、五细胞居多。一般等级不高的胚胎,我们会建议养囊。"

肖然问道:"什么叫养囊?"

我解释道:"第三天的胚胎是鲜胚。移植完后鲜胚如果有剩余,直接冷冻起来以备下次移植的叫冻胚。现在为了提高移植成功率,会把第三天的鲜胚继续培养到第五天甚至第六天,这时胚胎会成长为有囊胚腔的细胞团,这就叫囊胚。这个过程就叫养囊。"

刘芸紧张地问:"一定要养吗?"

"也不一定要养囊,但我的意见是最好养囊。因为到了第三天,胚胎没有分化成为八细胞、七细胞,这就说明它的生长发育已经比较迟缓。养囊可以筛选出有潜力进一步发育的胚胎。而且,囊胚的成功率也比较高。不过,我也要提醒你们,在养囊的过程中,如果胚胎本身质量不好,就极有可能不能培养成囊胚,这种胚胎最后就只能放弃。"

刘芸总结道:"我经常逛论坛,里面的姐妹经常说,养囊有风险。"

我笑道:"总结得不错,养囊的确有风险。但是如果不养囊,将这些低等级的胚胎移植到子宫,最后结果也可能不成功。"

肖然说道:"四、五细胞的胚胎,如果不养囊,也有成功的例子吧?"

我说:"临床上确实有,我也见过不少。"

他们沉默了一会儿,肖然说:"看来无论怎样选择,总之就是赌一把了。"

我没有顺着他的话评论。作为一名生殖科医生，我尽量做到不受情绪左右给出专业的建议，至于病人是否采纳，并不是医生能够决定的，于是说道："要不要养囊，你们有半个钟头考虑。"

结果他们放弃养囊。

刘芸尴尬地解释："梁医生，并不是我们不信任你，而是我们两人商量后觉得赌不起。万一……养囊全军覆没了呢？"

我点头，挤出一个微笑，说："确实有这样的风险。不养囊的话，上午就能移植。一会儿你就可以去抹洗了。"

虽然认为自己百毒不侵，金刚不坏，然而，自从刘芸选定了我作为她的主治医生，我的情绪如同石子被投入池塘，时时掀起一阵涟漪。突然有点羡慕外科医生，如果他们遇到前任的现任来做手术，心灵的煎熬与折磨顶多十几个小时，而肖然和刘芸的频频出现，如同反复翻开我身上一个结痂的伤口，致使迟迟不能愈合。

当我亲手把他们夫妇两个质量最好的胚胎——五细胞和六细胞的两个胚胎，放进刘芸子宫里时，我体验到了一种既低落又释然的情绪。本着职业精神，我艰难吐出一句："祝你好孕。"

我们科只有小师妹知道整件事情的来龙去脉，她崇拜地朝我拱拱手。"你太纯洁、太伟大、太大公无私，都快赶上耶稣基督了。我觉得你应该向医务科的人汇报这件事情，免得那帮人成天拿医德来说事。"

"去去去！"我赶苍蝇一样地挥手，这丫头太损。

最近老妈过敏了，估计跟插花有关。她整张脸都在发红，鼻子、两颊起了密如繁星般的小疙瘩,喷嚏连连。老妈气息恹恹地靠在床上,低咕道:"难受。"

我让她吞下一颗扑尔敏。"睡着了就好了。"

老妈辗转反侧了一阵,渐渐睡着了。每当这种时候,我就不由自主地生起了憎恨爸爸的心,如果他没有另一个家,如果他当年没有执意离婚,如果他还在这个家……

我摇摇头,人生没有如果。

没有谁能回到过去。

5月28日

人人都需修炼

今天一上班,就从病人那里听说了一个噩耗。

在我们医院移植冻胚的一个女病人,跳楼自杀了。

我对这个病人印象深刻。她的身体条件其实很好,子宫内膜的容受性很好,卵巢发育正常,各项激素检查也正常,她不孕的原因是一侧输卵管通而不畅。输卵管造影检查显示,她的另一侧输卵管通畅。所以,一开始我并没有建议她做试管婴儿,只是让她每个月来我们科做B超监测排卵。通过监测,我们发现她通畅的一侧输卵管连着的卵巢不排卵,连续三个月都是通而不畅的那一侧卵巢排卵。我建议她放松心情再试一两个月,因为女性的排卵跟心情太有关系了。

她坚决地摇摇头,脸上带着悲怆的神色。"医生,我结婚都两年了——我实在等不起了。我想做试管婴儿。"

照例是开单、检查、用药、促排、检测、取卵。

一切都很顺利。

一次促排,她获得了八枚胚胎,质量都很好。

下午,我从病案室的架子上抽出她的病历,上面赫然写着：×年×月×日,移植新鲜胚胎2枚,×年×月×日,HCG阳性,数值×××××,已怀孕,×年×月×日,出现阴道出血,建议继续黄体支持,×年×月×日,B超显示无胎心胎芽,建议放弃胚胎。

这是她第一次放弃胚胎。

之后又有两次生化。

她在第四次怀孕的第五十天,突然罹患水痘。出于对孕妇及胎儿健康的考虑,我们建议她去皮肤科就诊,听听皮肤科医生的意见。皮肤科的医生建议她多观察,注意产检。结果糟糕的情况发生了,产检时发现胎儿畸形,只得人流。

生殖科女病人的命运,难以预测。在生殖科,我见过有的病人促排了一次又一次,移植了一次又一次,一次失败了,擦干泪水下一次再来,终于在某一次成功——或者,彻底放弃试管婴儿这件事。

她的命运的确多舛,但怎么都没想到,她会放弃自己的生命。

我闭着眼睛靠在病案室的架子上,突然感觉肩上被人拍了一下,吓得一激灵。一回头,原来是补小花。她眨着她的星星大眼,故作神秘地说:"好呀,梁医生,被我逮个正着,原来你在这里钓鱼。"

我连忙举手投降。"补花花,你小点声,一会儿谭主任听到了,又得好一阵训。今天我没有门诊,安排的取卵手术也全部完成了,让我歇会儿不行吗?我就进来了五分钟。"

补小花嘻嘻一笑。"五分钟？你还好意思说你休息了五分钟。谭主任在那边看诊,一下午没喝一口水,目测他也没有去过厕所,现在快五点了,还有病人不停地让他看结果。你不去帮主任分忧解难,倒在这里猫着。"她眼睛一瞟我手里的病历,"看啥呢？"

我指着病历,跟她说了跳楼自杀的女病人的治疗过程。

补小花歪着头,神色黯淡下来。"这事我也听说了。可能是接连的几次失败让她觉得难以承受吧,第四次冻胚移植其实成功了,谁料到她又遇到了水痘感染。这一次失败耗掉了她最后的两个胚胎。可能她想到全部需要重新来一遍,受不了了,"她停顿了一下,"也或许是她的家人给她的压力太大吧。"

我回忆起这个女病人,除了监测排卵的几次她是一个人来的,其余都是她丈夫陪着一起来看的。印象中,她丈夫并不像有的男家属一上来就要求我们"包生儿子""包生龙凤胎"那样蛮不讲理、咄咄逼人,反而是极其细致,对很多问题刨根问底,什么都要问个水落石出。

比如,开始做试管婴儿前,她的丈夫就缠住我问:"到时候保胎用什么方案？"

这弄得我啼笑皆非。"到时候怀上了,再看情况要不要保胎啊！试管婴儿我们肯定要进行黄体支持的,至于其他的保胎措施,还是要看具体情况。"

"黄体支持？什么是黄体支持？"

我心一横,简短地说:"黄体支持就是用药。不要操心那么多了,医生会针对具体情况处理的。"

他又问了诸多饮食起居上的注意事项,我也一一答复了。而女病人在旁边,自始至终一句话都没有说。

补小花说:"可能就是因为她家属的这种态度、这种无微不至的关心,才给她带来了巨大的压力吧。没准这种压力比'包生儿子'的压力更大呢。"

补小花这家伙有时候还挺懂事。

试管婴儿的流产率跟自然怀孕的流产率相差无几,都是大自然优胜劣汰的选择。我在工作上遇到过太多的病人,在生育这件事情上,无法做到淡定。但是我又能苛责她们什么呢?如果我是她们,可能也未必能够淡定吧。

从病案室里出来,遇到匆匆而过的大师姐。她一看见我,就急着说:"哎呀丹妮,原来你在这里——快来,谭主任、陈主任都在找你,有事。"

去到会议室,陈主任已经在里面悠然自得的坐着了。一眼觑到我,他故作惊讶地打趣道:"这是哪个村里来的小媳妇儿啊?"

我低头看了一眼自己身上穿的黑色碎花连衣裙,作势厌恶地摆摆手,说了一句"滚",顺手拿起桌上的会议记录本签上名字,问道:"谭老大召集大家又有什么事吗?"

陈主任说:"下周,我们科要来几个实习生。具体多少个,一会儿听谭主任的。估计谭主任带得多一点。你和你大师姐也要各带一个。"

我坐在椅子上,叹道:"我这小小的普通医生,没什么资历,病人看得也不多,怎么带实习生坐诊啊?"

谭主任的声音从门外响起:"想得美啊,谁让你就带实习生坐诊了?"

我胳膊往外一展,觍着脸道:"这不是听陈主任说的吗?谭主任,您这就看完诊了?我以为您还要过一会儿才来呢。"

大师姐在后面嚷道:"老陈,你开溜得也太快了吧。"

陈主任笑而不语。

谭主任扔给我们一人一份实习生简历。"大家都挑挑吧。一共六个实习生。两位女士一人各带一个实习生——做动物实验、坐诊。剩下四个实习生,我和老陈一人分两个。"

我苦着脸,问:"谭主任,要不就你们几位分吧?一般实习生都愿意跟大牛。我就算了,可以吗?"

大师姐啐了我一口:"哎哎,你好歹博士啊。"

谭主任正色道:"小梁,这事别推。前些年都没让你带,今年你也该出出力了。只是带着在动物上做实验,实习生什么时候学会了就出师了。再说,他们这帮人的简历我看了,轮转实习,待个把月就走了。"

不准掉链子,是谭主任留给我的话。

大师姐看我心神不宁的样子,提出送我一程。

我跟大师姐说了跳楼患者的事情。"有时候我想,是不是我们对患者的关心还是不够,我们对她们的心理状况还是不够理解,她们才做出这样的决定?是不是如果我们多做点什么,比如心理疏导,比如多跟她们的家人沟通,她们的压力会小一点?"

大师姐摇摇头,说:"要说到医生对病人的关心,那可以说是永远不够。但是,我们每天哪有那么多的精力?每天门诊、手术、科研,谁不是忙得团团转?连上厕所都是奢望。今天我跟谭主任还聊起你的这个病例,"大师姐眼睛盯着前方,"更多的原因,我想还是因为家里人给她的压力太大,她自己可能又比较脆弱,一时没想开,才干了自杀的傻事。你不要太自责了。"

我一时没说话。

大师姐扭头看了我一眼,笑道:"哎哟,得亏了你没有在外科、急诊科,或是什么肿瘤医院。你还活不活了?今年你来我们科第几年了?"

"第三年了。"

"你自己算算啊,来了三年,死了一个病人。既不是死在你的取卵针下,也不是死在你开的促排药里。她是自己想不开,你都难受成这样,那你要是一急诊科医生,你说你这日子是过还是不过?所以说,当年你的实习轮转是怎么转的?你就没在急诊科转过?"

我不好意思地点点头。"当然转过,待了俩月呢。急诊科跟我们科太不一样了,太刺激了,也太累了。当时在急诊科抢救室实习,各种监护仪器'嘀嘀嘀'响着,日光灯从早到晚二十四小时亮着,不分昼夜。一会儿担架抬进来一个病人,一会儿又抬进来一个病人,一会儿一个病人被转去住院病房了,一会儿一个病人被送去手术室了。也不知道他们最终有多少人能够熬过去。在那个地方,时间都过得格外快些。现在想想,那里真是另一个世界。当时我就知道了,自己的性格绝对做不了外科医生,经过各种考虑才选了生殖医学。"

大师姐点头,说:"我和老陈都是从妇产科转过来的,你知道吧?产科可比我们生殖科惊险多了。那几年,晚上一值班,我就心惊胆战。不过,我在产科时气场比较强。"

我笑了起来。

"不是我说的啊,是跟我搭班的同事说的。一到我值班,晚上来的病人,一是不多,二是情况不危急。当时我们科有个女同事,她特别可怜,刚到我们妇产科,一值班,孕妇排着队地来生孩子。"

"看来医院的病人真是'欺生'啊。"

"还真是!搞得好多人都不敢跟她搭班。"

"哎,大师姐,我一直没有问过你,你是怎么到生殖科来的呢?"

"简单地说,我是被老陈抓过来的。正好当时我生了妞妞,妇产科压力还是太大,我也对生殖医学比较感兴趣,就过来了。"

我又问了大师姐陈主任为什么转过来的,大师姐神秘一笑。"你还是改天自己问他吧。"

我笑说:"谢谢师姐。为了开解我,难为你跟我分享你的心路历程。"

大师姐脸上的表情很平静。"重点我还没说到呢。我当时来生殖中心的时候,我们院的生殖中心已经通过了人工授精和一代试管婴儿的评审了。我刚来的第一台手术是跟谭主任,给一个病人取卵。手术过程很顺利,也很成功。"

听语气,故事即将出现转折点。

"取卵手术很顺利——当年还没有全麻取卵——但是,谁也没有想到,也可能因为当年我们经验不足,对情况的判断不准确。取卵后患者腹腔出血,面色苍白,恶心、呕吐、腹痛越来越严重,待我们发现抢救时,已经来不及了……"大师姐的声音突然哽咽起来,"我到今天还记得,这个病人取了十九颗卵泡,还没来得及配成胚胎,就去世了……"

我安慰道:"这个我们无法控制,谁也不愿意发生。"

大师姐摇摇头:"也许。不得不承认,当年我们也有很大的责任。好在这一家病人的家属比较有素质,没有大闹——好像这家的家属跟谭主任还是熟人。不过这事也差点让生殖中心关门。医务科的人尤其不解,说:'取个卵都能死人?!'大家都在反省。从那以后,我们特别注意患者取卵后的出血情况,跟病人也是各种反复交代。"

我点点头:"我看过相关文献,取卵后腹腔出血的案例很少见,大概一千个病人也不到十个,加上那年头经验不足,师姐你别过于自责。"

大师姐仿佛没有听到我的话,自顾自地陷入一种悲伤的情绪里。

"我来的那一年真是多事之秋。我印象特别深刻,还是我刚来生殖科的那一阵,一个周六的清早,两个主任马上要开始第一台手术,有一对事业单位的夫妇来我们科大吵大嚷,冲进医生办公室又砸又打。谭主任脸上被她家属扇了一巴掌,家属扯着他不放,连手术室都不让他进。我们告诉这对夫妇主任要手术,你猜他们说什么?'别人做不做手术我可不管,其他人都别怀上才好!'"

"女病人没怀上,接受不了?"

"怀上了。"

"那她为什么——"

"她怀的是单胎。"

我百思不得其解:"单胎存活已经是达到目标了啊。"

大师姐叹口气:"那时候二孩政策还没有放开。女病人当年说的那句话,我到现在还记得——如果是单胎的话,我宁愿不要。"

"其他病人意见肯定很大吧?想想有多少人,促排了几次都没有能够移植的胚胎。她真的已经太幸运了。当时你们肯定特别紧张吧?"

"相当紧张。她各种耍泼的时候,我们真是担心、害怕,担心她情绪太激动,担心她动作太大,担心她一屁股坐地上当场流产啊!"

我心里一酸,眼眶发热。非医务人员也许不相信,只要我们穿上了这身白大褂,第一反应总是想着病人的安危。这差不多都成为一种条件反射了。

我对这个病人后来的命运感到好奇,问:"最后这个孩子她要了没有？后来她顺利生了吗？她还有冻胚吗？"

"后来就不知道了。毕竟她这么大闹了一场，也实在不好意思再来我们科看病了。冻胚？"大师姐冷笑，"还有几个冻胚冻在我们科，冷冻费没交够，但还是当祖宗似的供着呢。万一这姐姐哪天杀回来发现胚胎丢弃了，或者做实验了，那不得把我们撕了啊？幸好现在二孩政策放开了，这种事也比较少了。"

晚上，我仍在思索，到底是一种什么样的力量足以促使一个人主动放弃自己的生命？叔本华说：当一个人对生存的恐惧大于对死亡的恐惧时，他就会选择自杀。

离开这世上的那一刻，什么都得不到、留不住、带不走，一个人的一生走到最后，究竟会有多少遗憾？

蒲松龄的《聊斋》里写过一个"棋鬼"的故事。从前，有个下棋成癖的书生，整日游手好闲，只惦记着下棋，把家产都败光了。他父亲把他关在书房里，他翻墙都要出去下棋。他父亲实在管不住他，后来被他活活气死了。阎王爷知道后大为光火，认为他不孝、无德，把他罚入饿鬼道。结果变成鬼后，有一个机会可以让他将功赎罪，转世回到阳间，但他因为下棋又误事了。最终因为耽误了阎王爷的差事，罚他灰飞烟灭，永世不得超生。

这个故事很早我就读过，一直没有读懂，当时的感受是，蒲松龄不就描述了一个对棋痴迷的人吗，扯什么阎王爷呢？后来读到了一个热门公众号上的一篇热文，那篇文章从佛教的角度解读了这个故事，我一下子就懂了。

这个棋鬼就是饿鬼。什么是饿鬼？想吃一样东西，吃不到，是饿鬼;想要一样东西,要不到,还是饿鬼;商场里那么多锦衣华服、名牌包包、贵妇化妆品,都好想要,但得不到,多少人趋之若鹜、百爪挠心,是饿鬼;看到朋友圈里其他人今天去泰国芭提雅,明天去巴厘岛,想去,但没钱没时间,是饿鬼;看到别人一个个结婚生子,过上幸福的标配生活,想过,但过不上,还是在饿鬼道。

"我执"无处不在。

"去我执"是大家都需要修炼的课程。

6月1日

教实习生做小白鼠实验

实习生就这么来了。六个人在会议室里,忐忑不安地杵着,听谭主任的训话。看着他们稚气青春的脸庞,好几个还背着小书包,一副毕恭毕敬、战战兢兢、如履薄冰的样子,我不禁想起了从前的自己,也是这副模样吧?

我偷偷往里一瞧,看到谭主任板着脸,说:"你们不要一来就想着进胚胎培养室、胚胎冷冻室,首先那地方的卫生条件要求高,里面放的东西又特别敏感,肯定不是谁都能进去的。"

陈主任跷着二郎腿补充了一句:"毕竟人命关天。任何一个培养皿里一点一滴的,全都是命。"

大家哄的一声笑开了。

谭主任也被逗笑了,脸板不住了,对着陈主任说:"你别打岔。要不你来讲?"

陈主任露出一个无辜的表情,说:"谭主任,您继续。"

谭主任清了清喉咙,接着说:"你们都在课本上学过生殖医学、胚胎学、遗传学、细胞生物学、分子生物学等。当然,你们以后不一定从事这方面的工作。生殖中心需要的人才是多元化、多样化的。我衷心希望,"谭主任扫视了一眼,发现我正在门边,招手让我进来,"大家经过这样一段时间的学习,能够学有所成。"

有实习生举手问:"老师,那……我们又不能进胚胎室,我们的实习内容是什么呢?"

谭主任的臭脸有所缓和,回答道:"你们要学的东西不少。跟我们一起坐门诊,手术可以观摩,但是——不能上手。"

几个新兵发出"啊"的哀嚎。

谭主任说:"啊什么啊,人命关天,岂能儿戏。没有门诊和手术的时候,大家跟着分配的老师做动物实验,看哪个同学养的老鼠胚胎先发育成功。"

几个小朋友面面相觑,脸上露出"不是吧"的表情。

在谭主任的要求下,我们几个"导师"把各自带的小朋友领走了。

我带的兵叫小韩,南城本地人,二十出头的一个小伙儿,梳着今年特流行的大油头,挑染着奶奶灰,浑身上下散发着一副"老子我很帅"的气息。他嘴倍儿甜,前脚后脚地跟着我,左一个"梁老师",右一个"梁老师",昨天给我带星巴克,今天给我带快乐柠檬,明天——我想,如果我要喝他妈妈泡的茶,估计他会拿个保温杯装着茶水屁颠屁颠地带来,里面还会温馨地放两颗枸杞。

这厮才来了三天,就触了我的霉头。

我先是带着他去跟护士拜了一遍码头,补小花等人没出息地眼睛里闪着小星星,我都视而不见,接着带他到取卵室、精液制备室、取精室、准备室、气瓶室等转了一圈。

这几天让他跟着我坐诊,他倒是老老实实,坐在一边,跟我听诊。我也摆出一副老师的架子来,教他怎样规范地记录病人的病历,怎样对病人询问得到需要的信息,怎样针对不同的情况开单子,可以说是非常循循善诱、深入浅出地讲解了。我尤其强调,在明后天的动物实验里,一定要注意实验操作安全。

说着说着,我就开始大放厥词,大谈自己这么多年如何小心驶得万年船的。

结果这厮居然嘴一歪,一个坏笑浮现在脸上,说:"梁老师,你也不是一直都小心翼翼的吧?"

我一秒钟换上包公脸,问:"你想说什么?"

这厮一副嬉皮的样子:"梁老师,我不是挑战您的权威啊。就这几天跟着您坐诊,我注意到了您的左手,上面有个小疤。我估摸着是您以前——当然,是我估摸啊,估计没道理,就瞎猜的——哪次跟液氮接触时不小心碰到的吧?"

我冷冷地说:"不是液氮。轻微的液氮灼伤不会留疤。"

小韩讪讪地说:"还是老师知道得多。不过,您虽然年轻,但也该注意保养一下。"

我心里觉得好笑,仍是板着脸嘱咐了小韩几句明后天动物实验需准备的材料和注意事项,赶蚊子般地把他给轰走了。

我轻轻抚着左手靠近虎口处的一个小小的圆形伤疤。不仔细看,几乎看不出来了。

我暗笑,明明是以前强充不良少女时抽烟烫到的,谁想得到?

没想到像我这么没有人民教师气质的人,竟然也带教了。

6月6日
小鼠胚胎生物监测

  我给小韩安排的第一个任务是小白鼠胚胎培育。在动物实验室里，面前的小白鼠柔弱无助地窜来窜去。"首先，取四周左右的雌性小鼠，接着腹腔内注射孕马血清促性腺激素10个IU[①]，四十八小时后腹腔注射10个IU的HCG。"

  我盯着小韩一根根铮铮铁骨的灰白头发，感觉如果一只苍蝇坐上面，完全可以劈叉下腰练瑜伽了。也不知这厮成天拾掇得这么骚气，是给谁看。

  我简要地给他讲解了一下实验步骤。"注射HCG的当晚，把一只雄小白鼠和一只雌小白鼠关在一起。"

  小韩坏笑着眯着眼，故意问："关在一起干吗？"

  我恶狠狠地咆哮："干吗！还能干吗！交配——"

---

① IU：国际单位。有些药物如维生素、激素、抗生素、抗毒素类生物制品等，它们的化学成分不恒定或至今还不能用理化方法检定其质量规格，往往采用生物实验方法并与标准品加以比较来检定其效价。通过这种生物检定，具有一定生物效能的最小效价单元就叫"单位(u)"；经由国际协商规定出的标准单位，称为"国际单位(IU)"。

事后，据陈主任说，他在门外带着实习生听到了我咆哮的"交配"，大家吓得一激灵，差点没敢进来。陈主任后来故作痛惜地摇摇头，苦口婆心地劝我："小梁医生，你还是太年轻，对学生不够耐心和细致。以后要注意啊。"

我心里涌出的"滚"字在眼前已经形成了弹幕。尽管小韩不成样子，我还是尽到了老师的本分，耐着性子继续交代实验注意事项。"第二天观察雌鼠，看有没有形成阴栓①。如果形成了，就标志着交配成功。"

"阴栓长什么样，知道吧？"

小韩坏笑："知道。那东西白色，有点儿透明。"

我点头，长吁一口气："怎么取出小鼠的胚胎，知道吧？"

"颈椎脱臼法。很残忍啊。"

我皱皱眉："你要是能通过小鼠的输卵管给它做取卵手术，我也不反对。"

"经过七十二小时后，观察小鼠胚胎是不是能够发育到囊胚期，或者孵化囊胚期了。过程我都清楚。所以，我们几个就这任务？"看起来他还是做了功课的。

我叹了一口气："十天半个月，你如果能观察到小鼠胚胎发育，实验就算成功了。"

小韩大言不惭地放话："梁老师，您太小看我了。不就是小白鼠胚胎培育吗？那个简单。哪用得了十天半个月。我，"他用

---

① 阴栓：公鼠的精液和母鼠的阴道分泌物混合上皮细胞等遇到空气后迅速变硬并将阴道口封闭形成的产物。

手指指自己胸口,"三天,最多五天,就能成功。"

我冷笑两声,好大的口气,真是初生牛犊不怕虎。

一周后,小韩耷拉着脑袋,连头上飘着的几根奶奶灰都油腻了起来。"梁老师,我的老鼠胚胎总不发育。"

我已经懒得提醒他三天五天就成功的誓言了,淡淡地说:"继续加油,哪有一两次就成功的。我当年可是做了好几十次才成功的。你以为配胚胎是你想的那么容易?"

小韩苦着脸,又去实验室干活去了。

6月10日
几家欢喜几家愁

我手里拿着厚厚一沓整理好的病历，那是病人移植后第六天、第十四天、第三十天、第四十五天的血值和B超统计。

我的心情估计有点类似老师查看学生成绩时的心情。一排排的数字看下去，总有一些数字，宣告着有些人考试成绩不合格，而有些数字，则意味着有些人顺利通过了这一次考试——尽管她们仍然不能高枕无忧，因为试管路上，还有更多的考试在等着她们。

刘芸的第十四天血值显示她确实怀孕了。

她喜气洋洋地来找我："梁医生，病友们说我的HCG血值很高，可能是双胞胎呢！"

我煞风景地说道："HCG血值只能作为参考。高血值意味着有可能是双胞胎，但也有可能是单胎。现在只能看出来，你怀上了。"

"但是我还是有很高的概率怀的双胞胎嘛。"

我点点头："有这个可能。黄体酮药物不要停，继续使用。如果身体有什么不舒服的地方，随时来医院。"

刘芸又是千恩万谢地走了。

几家欢喜几家愁。

梵娜是让我头疼的"学生"之一。

自两个月前移植起,她开始失眠。所幸移植第十四天,她的HCG血值显示胚胎已着床。我嘱咐她要放松心情,适当活动。

今天是她移植第四十五天。试管婴儿的第二个坎,梵娜和她的孩子终究没有迈过去——B超中没有看见胎心胎芽。

遗憾。

梵娜仍然在争取:"医生,我想再保一保。"

"保胎的意义不大,因为胚胎已经停止发育了。"接下来的话尽管非常残忍,我还是说了出来,"你不仅不能保胎,还要尽快预约清宫手术。"

我低头写着病历,不太敢看她。我想,此刻那双漂亮的眼睛里一定充满了悲伤与绝望。把病历交给她时,我仍然没怎么敢看她,只能再一次嘱咐她,清宫手术一定要尽快预约,因为如果时间长了会引起宫腔粘连,下一次的移植也会受到影响。这样就得不偿失了。

看着梵娜拖着迟缓脚步离开的背影,我思绪万千。

在生殖科看到太多不愿意放弃,或者不知道何时放弃的女人。

曾有一个病人,胚胎已经停止发育两月有余还在无谓地保胎,最后不得不放弃时,宫腔粘连得厉害,做了三次手术才清理干净。

还有一个病人，三年五载间就诊若干医院，促排七次，移植N次，在打算第八次促排时谭主任劝她：你的体质不适合怀孕，不要再做下去了，去做点别的什么事吧。但她仍然十分乐观，认为她下一次就可以成功，还要继续做下去。

做试管婴儿是个持久战。

谁也不能保证你能够凯旋。如果这注定是一场没有结局的战争，你打算坚持多久？

我想，每个走在试管这条路上的女人，必定已穷尽其他所有尝试，不得已才选择了这一条路。

人生匆匆。

时间的流逝，金钱的消耗，多少女人的青春就在这一轮又一轮的期待、准备、希望、失望中磨灭了。我忍不住想，试管留给她们的，究竟是什么？

如果喜得贵子，那么所有吃掉的药、打进去的针，所有的煎熬都值了。

但如果，尝试了一次又一次，结果仍然不尽如人意，那试管留给她们的，又是什么？

是肚皮上的千疮百孔？是不知何时头顶冒出的白发？是激素褪去后发福的身体？是这漫长旅程中每一步的试探与审判，等待与期盼，以及一次次的希望和失望？

有些试管失败的女人，如果最后落得个没有孩子、没有婚姻、没有青春、没有工作、没有金钱的结局，不知道她们会不会为当初自己的义无反顾而后悔。

所有这一切,织成一张密不透风的网。人如蝼蚁,在网上卑微地爬,不知什么时候是尽头。

我们经常讨论努力与回报的关系。小时候被教育,以为种瓜得瓜种豆得豆,等长大成人后才发现,种什么得什么仅仅是人们对于美好生活的期许。

不是每一个试管病人的坚持都能取得成功。

也不是每一段婚姻的付出一定都能收获幸福和美满。

写到这儿,我想起了过敏在家逐渐好转的老妈。多年来,家里大大小小的事情,哪一件不是她在操劳?对她的家庭、她的婚姻,她又付出了多少?可结果呢,爸爸还是义无反顾地离开了我们的家。如果用世俗的判断标准来看,她也不是一个"成功"的女人吧。

仿佛一切都是徒劳。

那么,我在挑选伴侣的问题上,吹毛求疵,求全责备,其实是不是想要逃避女人在婚姻中的付出?

人一定要结婚吗?结婚的意义到底是什么?如果不结婚会怎样?

在人生中,有许许多多的瞬间和闪念,在某一刻发生了化学反应,从而改变了你的人生观。

大师姐最近也发生了化学反应。

她感慨道:"以前总说病人想太多、脆弱、矫情,现在才知道,话不能说得太满。以前我总跟病人说,你的卵泡怎么长的,歪歪扭扭的!你知道老陈怎么说我吗?他说,你吃的东西去哪儿了,怎么就见你身上长肉,没见你卵泡长大!我抗议。老陈说,我这是以其人之道还治其人之身。

"我终于理解了病人。卵泡不长,担心取消周期;卵泡长太快,担心质量不高。昨天,老陈劝我到时候配好胚胎后养囊。老陈说,你不年轻了,四十了,卵巢功能下降了,保险起见,养囊后移植成功率高些。我跟他大吵一架,凭什么现在就断定我配不出八细胞胚胎?

"老陈还说,是我太敏感。高龄孕妇本身风险比较高,我自己就是学生殖医学的应该清楚,养囊可以淘汰掉质量不高的胚胎。

"我说,从医学上看,囊胚培育成功就能被计入生殖科的成功率中。但对于母亲来说,只要孩子还在肚子里,就免不了提心吊胆。直到这个孩子呱呱坠地,才能叫成功。我们的成功,和病人的成功,完全不是一回事。我在想我们总劝病人养囊,但是养囊真是病人需要的吗?"

我问道:"那你养吗?"

大师姐白我一眼:"当然养。太清楚其中的道理,我哪敢不养。"

她总结道,知识在某些时候其实并不是力量。

我无言以对。

对于病人来说,没有正确与错误,只有成功与失败。

不过,大名鼎鼎的罗刹王最近真像是变了一个人。那天我无意间在B超室看见大师姐对着病人,那叫一个笑容满面、温润如玉。她白大褂的领口竟然透出了里面欧根纱裙子淡淡的玫瑰粉,我心里暗笑,女魔头秒变小公主?以前她的衣服可是只有白色、黑色、青色、烟灰等冷色调。

她在给病人做B超,语气是前所未有的温柔:"再往下躺一点,对……屁股抬高一点......手握拳放在屁股下……哎……对喽,你配合得真好。"

病人问道:"医生,我还有希望怀孕吗?"

她温言笑道:"你才二十九,还很年轻。我都四十了,还计划做试管婴儿,马上促排了。我都有信心,你怎么没有信心呢?慢慢来,放宽心,轻松一点,你会怀上的。"

病人非常感激地说:"医生你四十了吗?完全看不出来啊!我还以为你才结婚呢。医生你真是太敬业了,试管期间还坚持工作。"

大师姐哈哈大笑:"我小孩都上小学了!现在是二胎。你看,技术进步了,什么都不是问题。怀孕不要太紧张,我们该做的都做到了,剩下的顺其自然就好。你要有信心啊。"

我看呆了,大师姐对着病人多久没有笑得这么爽朗了?

我由衷地夸奖她:"谁想到我们大师姐做一次试管婴儿,简直脱胎换骨。试管啊试管,把我们的冷面女魔头变成了可心暖女子。"

大师姐说:"慈悲苦中知。以前病人问我促排期间的注意事项,我总是不耐烦,或者简单粗暴地回一句:这个问题别问我,问护士。现在,只要病人问到我了,我都会尽量耐心、细致,争取每一样都讲到位。不仅讲到位，争取也让病人完成到位。病人做得越好，她的卵泡就长得越好。卵泡长得越好，胚胎就可能配得越好。那天有个病人问我要不要喝豆浆，以前我会说，你爱喝不喝，反正对卵泡没什么影响。现在我会说，只要你觉得什么对长卵泡有帮助，想喝你就喝一点。

"病人和医生，需要相互理解。我前几天看到协和一个大牛医生写的文章，他去参加会议时在高铁上误把红枣的枣核吞进肚子了，一路上百爪挠心，开始百度各种搜索，还在高铁上对照着做实验，看唾液是不是能让枣核软化，一晚上辗转难眠，直到早上在大便里找到枣核了才心安。"

我憋不住笑："一个枣核，至于吗？"

大师姐严肃地说："当然至于！而且很有必要！待会儿我把那篇文章转你。我是想说，当你是病人的时候，心态会完全不一样。当你生病的时候，你希望遇到的医生能够认真地听你讲你的病史，一字不落地看完你的检查报告。你希望他再耐心些，再细心些，再温柔些。当人的身体在遭受痛苦时，情感上是渴望被安慰的。"

我打趣大师姐："你这是用自己的金身，去温暖病人的肉身啊。没想到你遭了一趟罪，人生境界提升了几个层次。看来天将降大任于斯人也，必先苦其心志，劳其筋骨，饿其体肤，空乏其身……"

大师姐笑着摆摆手："如果没有这次磨难，不知道我会继续冷漠多久。我真心觉得，上天给了我一个机会，让我从今以后真正地怀着一颗感恩、慈悲的心,去帮助许许多多需要我帮助的人。矫情地说一句,选择当医生,是我这辈子做过的最正确的决定。"

我把大师姐的感慨跟小师妹分享,小师妹托着腮,若有所思。"看来这真是她发自内心的感慨。她最近不仅对病人温柔,对我也温柔不少。偷偷告诉你,我又爱和她搭班了,不用老求着罗护士长把我跟她调开了。"

我暗想,原来老天爷给每个人,还真是安排了不同的功课做呢。

6月14日

实习生的新任务

谭主任给各位实习生又布置了新任务,要求他们做精子生存实验、评估精子浓度和精子计数、评估精子活力、精液优化处理。

据说其中的四个女学生羞红了脸,追着谭主任问:"我们去哪里要精子样本?"

据说谭主任答复:"不建议你们去门诊,那里的精液质量一般不高。你们这一批,不是有两个男生吗?多贡献几次,样本不是什么问题。"

我暗笑,看来小韩要为医学而献身了。

谁想两个女实习生求到我这里来了。

"梁老师,小韩不肯贡献精子给我们。那没有精液,我们怎么完成实验呢?我们其实不要多少,一人要一次的量估计够了。我们两个会省着用的。"

我心里暗暗好笑:"另外两个女生不差精液?"

这两个女实习生告诉我,陈主任带的男实习生在女生的软磨硬泡下同意贡献了,但是小韩始终不同意。

"为什么呢?"

女实习生说:"他说他自己的都不够用。"

我憋着笑说:"强词夺理。你们俩别走,一会儿他来了,我可以劝劝他。不过,这事还得靠自愿。如果他实在不同意,你们也没办法。要不去问问自己的男朋友,他们的精液也可以用啊。"

两个女孩苦着脸,说:"课业那么忙,去哪儿找男朋友?总不能见一个男人就求着他贡献精液吧。"

正说着,小韩进来了。他一看到这两个女生,身子就往外侧。

我叫住了他,动之以情、晓之以理地说了半天。

小韩说:"梁老师,你为什么跟她们俩同流合污?"

"为了科研啊,为了医学事业啊。"我一本正经慢慢地说,"我是没有,我要是有,我都愿意贡献给这两个小姑娘。"

小韩的脸涨得通红。

"不会这么一点量的要求,就是我们在强人所难吧?你现在多少岁?二十出头。我们都是学医的,大家都知道,如果这个年纪,你就很勉强了,以后可怎么办?"

被戳到男人最害怕的点,小韩着急了:"谁说我有问题?简直是人格侮辱!之前是我不愿意给,好了吧?"

我顺势说道:"既然这样,那就从了吧?就想着是为科研献身了。"

最后,在我的建议下,两个女实习生负责给小韩提供三天的营养早餐,必须保证每天一个水煮蛋,作为他为科研献身的补偿。

我们科的人听说了我的光辉事迹后,有人评价说:"有文化的流氓可怕,有文化的女流氓更可怕。"

据宫瑾说,在精液制备室里,他看到实习生们像捧着宝贝似的捧着精液,把稀释了的精液样本小心翼翼地倒进血细胞计数板的计数池里,仔细对比计数池的数值。

宫瑾评价:完成得有模有样。

6月18日

小鼠实验继续

  小韩的时尚奶奶灰头已经变成了彻底的奶奶灰,头发蔫蔫地耷拉着,已经没有初来报到时的风采,引得补小花等一众护士的惋惜。看来不管什么型男潮男雅痞小鲜肉小奶狗,推开医院的大门,过一段时间再出去,统统给你打回油腻直男的原形。

  补小花总结道:"看来还是平头适合男医生,"她又指了指我的头发,"就像马尾适合女医生一样。"

  大师姐不以为然地点头:"那当然。医生就得有个医生的样。你打扮得花枝招展给谁看?有那工夫,不如提升业务水平。女医生一般都粉黛不施。为什么?简单、朴素、专业。"

  陈主任插话道:"谁说女医生都不化妆的?我发现我们医院皮肤科的医生打扮得就好看。我前几天在医院食堂还看到一个披着长发的美女医生,搭讪了两句,果然是皮肤科的。"

  众人歪着头回忆了一下,深以为然。

  小韩不仅发型没了,跟着我坐诊时人也老实了不少,认真完成我交代的各项任务。最近写的病历也变得有模有样了,但是——他养的小鼠胚胎,总是不发育。

今天坐完诊后,小韩仰天长啸:"梁老师,看来这个胚胎培育比我想象的难啊。"

我安慰道:"也没有那么难,坚持多做几次实验,没准下一次你的小鼠胚胎就发育了。"

小韩哭丧着脸:"我不怕多做实验。老师您说我笨不笨,别说观察胚胎发育了,我连小鼠的阴栓都找不到!有时候我怀疑,这些小白鼠根本就一直闲着,自始至终没有交配。我在想,这一公一母是不是不行?是不是得放两只母鼠进去?"

看来这厮还有点悔悟之心。看他那霜打茄子的样子,估计最近就在关注小白鼠的性生活了。我暗笑:"雌雄比例一比一,二比一都行。如果一直没有成功,可以试试多放一只母鼠进去。"

小韩问:"那怎么确定它们已经交配了呢?"

我答:"通过阴栓啊。检查阴栓如果没有看到,你就不会去笼盒的底盘找找吗?那东西有时候会掉下来。"

小韩又问:"还有什么需要注意的?"

我答:"小鼠的发情期也有规律,你自己回去翻翻书。而且,实验环境的温度、湿度也很重要,都要注意。"

小韩一副恍然大悟的样子:"梁老师,我现在就去实验室。"

我朝他摆摆手,心中暗喜,孺子可教啊。

6月28日

喜讯与噩耗

今天一大早就听见小韩的好消息——他养的小鼠胚胎发育了。

小韩激动万分,跟他自己生了孩子似的兴奋,絮絮叨叨道:"梁老师,你知道吗?再不成功,我都快要放弃了。之前总觉得是不是我眼拙,挑到的小鼠就是不行。这次,我特意挑了几对又肥又壮的。我想,要这几对都不行,我就,我就……"

我看他那张口结舌的样,心中暗笑,心想"你就,你就怎么样,难不成你自己上",嘴上却说道:"你就再试一次?"

他点点头:"对对对。我就再试一次。"

我笑问道:"胚胎发育情况怎么样?还同步吗?"

小韩说:"胚胎发育不太同步,有的到三期、四期,就能观察到胚胎整个变大,透明带①变薄了。而有的已经到了五期、六期,囊胚正在孵出,或者完全孵出,从透明带中逸出了。"

---

① 透明带:卵细胞的发育在卵泡中进行,当第一层卵泡细胞层完全包被住卵细胞后,在卵细胞的外方开始形成非细胞的膜,称为透明带。透明带在囊胚形成并长大后破裂,这个过程称为囊胚孵化。

我问道:"囊胚内细胞团的质量观察了吗?"

小韩递给我他的实验记录本,上面写得整整齐齐:多少囊胚到了多少期,囊胚内细胞团A级有多少,B级有多少,C级有多少,连囊胚的滋养层细胞分级ABC也写得清清楚楚。

我赞许地点点头,把实验记录本还给他,说:"第一次看到成功的胚胎,什么感觉?"

这厮脸上竟然带了一丝羞涩。"生命真奇妙,"末了,他又神色一正,"不管是人的生命,还是动物的生命,都很奇妙。"

我点头:"有时候我也有一种错觉。人终究是哺乳动物,在生命的最初,其实与其他的哺乳动物没有本质的区别。"

"梁老师,不知道什么时候我们才能进人类的胚胎培养室?"

我笑着摇摇头:"估计得等你们毕业后,到了某个生殖科——当年我来了生殖科很久谭主任才让我进胚胎培养室。你的胚胎实验做完了,现在可以安安心心地跟着宫老师去处理精液了。"

小韩唉声叹气地去了。

我换好衣服,穿上防护鞋,又一次来到了胚胎培养室,里面已经站着一个白大褂。原来陈主任已经在胚胎培养室了,他转过脸来,表情凝重。

还没等我说什么,陈主任开口道:"你大师姐的囊胚发育情况不太乐观。"

在生殖医学中,囊胚的评分主要是从内细胞团和滋养层细胞两个方面来评估,A为最佳,B其次,C最差。CC级囊胚的意思是内细胞团和滋养层细胞的级别都不理想,具体来说,就是囊胚上皮细胞层的细胞极为稀疏。临床上，CC级别的囊胚既不建议移植，也不建议冷冻，因为着床率极为低下。

遗憾的是，大师姐第五天的囊胚几乎都为CC级，甚至DD级的胚胎。显微镜下，我们可以看到囊胚几乎全是C级内细胞团和C级滋养层细胞，还伴有较多的碎片。

我不死心地问道："你查看时差成像系统了吗？时差成像系统对每一枚胚胎间隔一定时间自动摄像。到底是哪一步出现问题了呢？"

陈主任有气无力地说："我已经查过了，你可以再看看。"

我在操作系统里调出了大师姐的囊胚发育录像记录，快速地拉动进度条，观察出现变化点时的情况。盯着录像看了二十分钟，我发现了问题。正常的囊胚像一个有弹性的圆球，可以自然皱缩和扩张，而且皱缩持续的状态很短，一般一个钟头即可恢复。但她的囊胚在皱缩后，并没有像正常囊胚那样重新扩张。

这说明囊胚的质量存在严重问题。

我长叹一口气。

我和陈主任对视一眼，问："她自己看了结果吗？"

陈主任摇摇头。

"需不需要我去告诉她？"

陈主任郑重地摇头："不。我是她的主治医生——我去告诉她。"

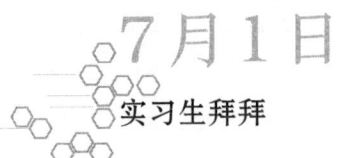

7月1日
实习生拜拜

明天这几个实习生就要去别的科室轮转了。

这几个小孩儿,还有点依依不舍。尤其陈主任带的那俩实习生,一男一女,站在他旁边跟招财童子似的——衬得老陈愈发地像一尊矮墩墩的门神。

他带的女实习生缠住他问:"陈老师,您是怎么走上生殖医学这条道路的啊?"

这问题我一听就来了精神,鼓膜马上开始振动。

陈主任一开始期期艾艾地不肯说,后来实在架不住几个小女生的左吹右捧,开始谈他的革命家史。

"1995年医学院毕业后,我就来到了我们医院的妇产科,在妇产科工作了整整十年。在2005年的时候,我们医院计划建立生殖中心,要从妇产科拨一小部分医生过去。当时我主动请缨过来了。"

有实习生问:"陈老师为什么愿意从妇产科出来呢?"

陈主任竟然腼腆地笑了。"可能跟性格有关吧。"

"性格?"

"对,性格。医院各科医生,由于工作性质略有差别,性格都不太一样。你们轮一圈后会有感受。妇产科的医生,大多性格风风火火,而我的性格比较谨慎、细腻。"

听到陈主任说自己细腻,我一口水差点喷了出来,这老家伙被形容为油腻还差不多。

旁边的女实习生竟然拼命点头。"对的对的,陈老师您就是慢工出细活。"

"一开始就做一代吗?"

"哪儿有那么快。一开始只做人工授精,后来通过了生殖伦理委员会评审,一步一步地,慢慢开始一代试管,接着一代评审过关,然后二代、三代。"

"评审什么呢?"

"对治疗方案进行伦理讨论。所有的治疗方案,至少要满足三个原则:要有利于后代,有利于社会,最重要的,对病人本身负责。"

"比如?"

"很多女患者并不具备做试管婴儿的条件,比如有严重心脏病的、高血压的、癫痫的,很多很多病,你们都是学医的,我就不细说了。总之,凡是不适合怀孕的病人,都不能做试管婴儿。病人的生命永远高于一切,这就叫作对病人本身负责。不论以后你们去哪个科工作,永远都要记住这一点,要对病人本身负责,而不是对病人家属负责。"

我听得眼睛发酸,平日里总是油嘴滑舌的老陈讲起课来竟也温情脉脉。

小韩也来跟我说再见了。小韩理了个平头,头发变黑了,估计是染回去了,人看着清爽不少。我打趣道:"没想到在生殖科待了一个月,越活越年轻啊,白头发都没了。"

小韩竟也羞涩地笑:"梁老师,才来的时候不懂事,您多包涵啊。"

不错不错,孺子可教。

小韩临走时送了我一管欧舒丹的护手霜。乳木果味的,涂起来一股淡淡的清香。

他说我该保养了。

我无语,现在的年轻人都那么皮的吗?

7月6日
不能承受的男人之痛

我们科终于时来运转——虽然起因仍然是病人投诉。

我们科安排男病人取精时,一般都是给他们一个无菌的塑料容器,请他们去楼下的厕所取精,再把精液送上来。最近,医务科接到几起投诉,病人反映我们的工作环境"不人性""不考虑患者感受""让人觉得自己是动物"。

医务科的人在会上特意念了一个患者的投诉:"医院每次让我做精液检查都去楼下的厕所,有些厕所的门锁都锁不上,听到脚步声都心惊胆战,既紧张,又害怕,我们就在那种地方干那事儿,我都有心理阴影了!医院考虑过我们的感受吗?后来没办法,我老婆在医院对面的小宾馆给我开了一间钟点房,然后我就一路拿着小杯子过到马路对面,弄完了又穿马路过来。医生交代我,要注意卫生,不要污染小杯子。我不能保证!我也没法保证!医院就不能给我们专门找个地方让我们安心治疗吗?"

医务科的人一念完,大家都憋着笑。老陈嚷道:"我们也一直想建两个专门的取精室,可惜没有地方啊。"

谭主任一个指头一个指头地掰着数数,慢条斯理地说:"七楼就这么点地方,已经有了取卵室、精液制备室、胚胎移植室、胚胎培养室、胚胎冷冻室、显微操作室、准备室、气瓶室、储藏室。"

大师姐插话:"好容易才腾出一个病案资料室、医生办公室,哪有位置再弄取精室?"

我说:"还有动物实验室呢,怕污染环境,当时院里给安排在副楼了。"

大家点头称是。谭主任缓缓说道:"专门的取精室我们不是没有考虑过。相反,我们一直在考虑,但是目前你也看到,挤得实在不可能再匀出一间取精室了。这个问题之前我们也跟院领导反映过,领导也是说,没地方啊,就凑合着让病人在厕所解决吧!"

医务科的人说:"也是你们科运气好。门诊大楼的六楼还空有一小间,原来是心理科堆着他们的资料的。昨天被院领导发现了,把我们批了一通,说:竟然有这么浪费的房间?心理科难道没有病案室吗?什么东西都往这儿堆?国家资源就这么浪费的?那个什么……生殖中心的老谭,不是一直嚷嚷着要一个取精室吗?就给他们了。"

谭主任笑道:"我们当然求之不得!但心理科愿意让给我们?"

医务科的人牛气烘烘地说:"那可由不得他们了!谁让你们生殖科的运营成本和收益独立核算呢?领导自然也有他的考量了。"

办公室里大家心照不宣地哈哈大笑。

说干就干。

取精室改造装修项目

项目负责人：谭主任、陈主任

项目总协调人：罗护士长

项目执行秘书：宫瑾

项目执行人：一众护士

在此，我衷心祝愿项目开展顺利。

7月20日

堪比五星级大酒店

两周过后,我们一众人等来到我们科焕然一新的取精室瞻仰。陈主任调侃道,我们相当于开业前烧香。

取精室的西南角安有一个洗手池,被擦拭得一尘不染、光可鉴人,堪比五星级大酒店的洗手池,旁边放有一瓶洗手液。宫瑾脸上带着嘚瑟的笑容,说:"我们的消毒工作可比五星级大酒店还强。"他走过去做示范。原来出水的开关在脚下,用脚一踩,上面水龙头就出水,脚一收,水流就停止。

宫瑾说:"今天谭主任去外地开会了,不然大家也不能来参观。"

陈主任促狭地朝大家眨眨眼:"这可是我为大家赢来的福利。回头谁也不许告诉谭主任。"

大家一阵哧哧地笑。

取精室的正中央有一张小桌子,桌上有卫生抽纸。东侧有一个看上去比较舒服的大沙发,沙发上铺着一次性垫子。

陈主任频频点头,说道:"小宫,最精彩的部分你为什么不秀给大家看啊?"

宫瑾一缩脖子,脸一红,喃喃道:"陈主任……这怎么好?有女同事呢。"

我旁边的小师妹不解地看着宫瑾,又转脸轻轻地在我耳边问道:"什么精彩的部分啊?"

大家的好奇心被勾起,都想知道最精彩的是什么。

大师姐爽朗一笑,我发现她的笑里也有点坏。"老陈,要不看个开头吧?应该没事。"

陈主任说:"好,正好我也想验验货。小宫,一会儿我喊停就停啊。就今天,——就一下下。出了这门,谁都不许往外说一句。"

大家表情严肃地看着宫瑾僵硬着手扭开了一个什么键,沙发对面的显示屏上接连显出两行字:××赌城开业,欢迎前来。接着屏幕一阵黑暗,什么图像都没有了。大家正纳闷,过了五秒,屏幕上出现了一男一女,穿着和服,说着日语。有人反应过来了,大叫道:"关啦关啦!天哪,陈主任你也太坏了!这不是聚众……聚众……"

宫瑾吓得手一抖赶紧关了,屏幕周围还散发着"呲呲"的静电声。

陈主任笑道:"我本来也是打算马上让小宫关了,——毕竟我也是正经人。你们不是也好奇吗?其实什么也没有,不是吗?"陈主任大笑着扬长而去。

小师妹气呼呼地说:"真是天杀的陈主任,公开场合竟然敢放日本动作片。过分!"

大师姐笑道:"他就是开个玩笑,事先也跟我说了。怎么着我们也不会让小宫放出来的,就是吓你们一下。这些碟片,可是在有关部门备案并且许可的前提下播放的。完全合法、合规,也合情、合理。"

我和小师妹对视,两人无奈地摇摇头,又忍不住笑出声来。

老陈啊老陈。

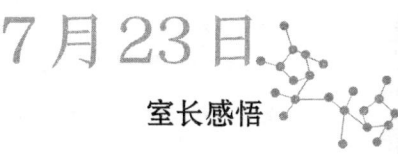

7月23日
室长感悟

自从担任了取精室室长后,宫瑾喜气洋洋的。

小师妹打探到最新情报,原来我们科新来的几位病人正对宫瑾同学的胃口——这几个病人是逆行射精①患者。

中午吃饭时,又听见小师妹在给一众护士科普。

小师妹拿着一根香蕉比画着说:"总的来说,就是从这里出不来,重新退回到膀胱里了。但是如果你检测尿液的话,能查到有精子和果糖。"

有护士问:"什么原因造成的呢?"

小师妹谆谆教诲道:"原因多着去了。生理结构异常会造成;有时候一些手术,比如直肠手术,也会引起;有的病,比如糖尿病,也会造成这种情况。"

我插嘴道:"我记得有些药物也会造成逆行射精。"

小师妹说:"对对,一些抗精神病药物、抗高血压药物都有这

---

① 逆行射精:指性交时能达到性高潮且有射精感,但无精液从尿道排出,性交后尿液中有精子和果糖,即精液逆行流入膀胱内。主要是由于膀胱颈不能关闭或膜部尿道阻力过大所致。

种风险。"

这时,宫瑾端着饭盆过来了,炮火便集中打在了他的身上。

大家左一句"枪神"右一句"鸟王"的子弹啪啪啪地射在了宫瑾身上。

宫瑾涨红着脸,半天憋出来一句:"哎,我这不是为了科研嘛!"

有人打趣道:"室长最近感觉如何?"

宫瑾无奈地说:"手酸。"

大家反应过来,又是一阵爆笑。

宫瑾反应过来,又是一阵窘态,忙摆手道:"哎呀,不是不是。每天处理那么多的精液,我是真手酸。"

这种机会,陈主任必然要掺上一笔,说:"他的潜台词是,每天看那么多的精液,自己的动力都没有了!"

大师姐指着陈主任翻白眼:"果然是山中无老虎,猴子称霸王。什么时候谭主任回来,收了你。"

宫瑾急得端着盘子就要走,被我反手拉住了:"哎,别走别走,其实大家是想听听你的案例。"

大家这才止住了笑,频频点头。

对着年轻貌美的护士们,宫瑾又涨红着脸解释了一遍逆行射精的概念。

我问道:"这种患者的精液收集,必然是这类患者能否人工授精或者试管婴儿成功的关键吧?"

宫瑾点点头:"正是。"

小师妹问道:"那处理、收集这类患者的精液,有什么讲究吗?"

宫瑾答道:"确实比较特殊,"说到专业问题,宫瑾脸上的红潮慢慢退去,声音也平静下来,"首先要跟别的病人一样,禁欲三天,再服用碳酸氢钠——目的是碱化尿液。"

我说:"主要是为了避免酸性尿液破坏精子的活力吧?"

宫瑾点头:"正是、正是。"

"然后呢?"有人问道。

"然后收集精子的时候,先用导尿管让患者排空尿液,再用林格葡萄糖液冲洗膀胱。留二到三毫升左右在膀胱里,拔出导尿管。"宫瑾做了一个拔管动作。几个护士发出"哎"的一声。

大师姐小声说了句:"真是小姑娘。"

陈主任的声音响起:"这个时候就让患者排精,然后让患者立即排小便在取精杯里。"

宫瑾点头。"正是,"他顿了顿,"接着离心沉淀,这样我们就可以获得精子。当然,为了提高授精的成功率,在体外还要洗涤,让精子获能,然后放在培养箱中待用。有的病人的精子比较少的,还需要冷冻精子,多次取精冷冻,达到数量后,再解冻就可以用了。"

我一本正经地补了一刀:"所以宫瑾的手酸都是洗东西造成的。大家不要想歪了。"

大家又是一阵哄然大笑。宫瑾一急:"师姐你怎么也学得这样不好了!"

室长感悟

大师姐笑道:"原来你不知道她一直是女流氓啊。"

补小花感叹:"终于也有男人受苦的检查了,女方可以少受点苦了。"

大师姐说:"谁说女方不受苦了?女方在此之前也有很多检查,常规的比如监测排卵,输卵管造影看输卵管是否通畅,各种激素抽血,还有相关免疫抗体都要达到阴性。"

"然后呢?"又有好学的护士发问。

"然后如果女方没问题,那就可以尝试人工授精了——三个周期内实施九次。成功了就成功了,不成功,下一步直接ICSI。"

有人答道:"卵浆内单精子注射,就是二代。"

宫瑾赞许道:"正是。"

大师姐问道:"小宫,这种病例那么罕见,我们科这次遇到了几个?"

宫瑾说:"三个。"

小师妹感叹:"还真是,一下三个。看来你也是招财猫了。"

补小花说:"宫医生,我今天瞄到你跟一对夫妇交代注意事项,那个女生好漂亮的,是不是她老公就是这种情况啊?"

宫瑾说:"是啊。"

补小花继续认真地、花痴地感叹:"你们没看到,那个女生真的好漂亮的,而且感觉她好温柔,一直轻轻握着她老公的手,眼巴巴地看着宫医生。好希望她成功啊,别到做二代那一步了。"

我打趣道:"补花花啊补花花,你怎么成天都在观察美女和帅哥啊?"

补小花眯着眼,复读机一般地说:"梁医生,你是没有看到。那个女生真的好漂亮的——真的。"

中午饭散后,我和大师姐、小师妹又讨论起了全球男性精子质量下降的问题。总之,不管在东方,还是西方,最近这几十年,男性精子浓度和总数都出现了显著的下降趋势,精子畸形的人数也在增加。一个精子从生产到发育成熟大概需要九十天,所以如果女方备孕的话,男方也需要提前三个月做准备。精子的形成要经过精原干细胞、精原细胞、初级精母细胞、次级精母细胞、精子细胞、精子这几个过程。其中任何一个环节有问题,精子都有可能不正常。

三位生殖科女医生义愤填膺地痛诉了现代男性的种种恶习:吸烟、饮酒、桑拿、热水澡、啤酒肚。

大师姐高度总结:"这一切的后果,大部分需要女人来买单。"

小师妹补充总结:"万恶的男人!杀千刀的男人!"

我大笑。两人逼着我也发表总结感言,我故作平静地来了句:"一切看天意,一切看缘分。"

结果被啐,她俩的原话是"装,你就使劲装"。

7月30日

生殖科医生聚会时谈什么

南城的夏天极其难熬。

昨天傍晚,一场突如其来的降雨在与炎夏的较量中败下阵来。雨过后,气温似乎没有丝毫下降。地面腾起层层水汽,一片雾蒙蒙。苍穹是一个热气腾腾的罩子,南城这块糕点就快被蒸熟了。

热浪在南城肆虐。

但来到距离医院门诊大楼十米远的地方,已感觉阵阵凉气袭来——医院的冷气开得相当足。

在夏天,医院的每栋大楼门口会挂上一缕一缕的透明塑料门帘子。人们进进出出,门帘子像浪花一样被翻进翻出。

门帘内外,是两个世界。有人喜极而泣地离开,有人哭天抢地地进来。只有那门帘子,总是沉甸甸的,静静地悬挂在那里。它是一个巨大迷宫的入口,冷眼看着众生,随时等待着那些被命运选中的人翻起来。

上月,大师姐斟酌良久,最终选择养囊,结果全军覆没。

最不能接受的人竟然是陈主任。

他自责不已,嘴里碎碎念道:"如果赌一把直接移植,没准也能成功。我为什么要建议你养囊?!失策啊失策!"

大师姐说:"你就别跟祥林嫂似的了!念得我心烦。所有的生命都要历经自然选择这一关,包括试管婴儿。养囊没有成功,只能证明受精卵质量不高,生命力不强。你别忘了我已经四十了,本身这个年龄段妇女的成功率就低。后来我掐指一算,我还有五六年才绝经,不用着急。"

我在旁敲边鼓:"据报道,有一个五十岁失独妇女已经绝经了,经过促排竟然诞下一个健康女婴。大师姐还没绝经,休息几个月,希望大大地有。"

大师姐啐道:"敢情你就希望我早点绝经。你又有多好,一把年纪了也不着急嫁人。小师妹小你好几岁,今天结婚。你呢,什么时候也结婚?从我认识你的第一天,就准备好了红包要送你,结果几年过去了,这红包也没机会送出去。"

我说:"红包拿来!我可不介意你提前给我。看来上个月你的温情脉脉原来是昙花一现,毒舌女王又回来了,真好。"

大师姐说:"姐的温柔不留给你们,姐的温柔只留给病人。"

我这是第几次当伴娘了?掐指一数,第三次。

补小花说,一个女人最多只能当三次伴娘,否则就嫁不出去了。

我说,以后任谁请我当伴娘都不会再答应,包括你补小花。

今天,绝对是最后一次。

今晚的婚礼,科里好多护士同是伴娘。一水的豆沙粉雪纺长裙,短短的袖子下露出粉红的胳膊,下面一律穿着胭脂粉高跟鱼头鞋,衬得个个亭亭玉立。平日里大家几乎都不化妆,今天稍敷粉黛,个个粉雕玉琢似的。

看着椭圆长镜里同样身着长裙的自己,我不由得感慨,女人三十跟二十还真不一样。再怎么精雕细琢,总有些地方遮盖不住——粉有点浮,背有点厚,胳膊有点粗。

不知道从什么时候起,我突然开始害怕参加婚礼。是因为以前的同学一个接一个地嫁人生子?是因为约朋友出来时大家都拖家带口?是因为猛然间发现整整一张饭桌上只有我是一个人时,不自觉生起的沮丧和寂寞的情绪?

后来渐渐习惯一个人。习惯大家在饭桌上拿我的单身问题插科打诨,看他们做戏似的,编派一个个看似"跟我相配"的人。反正"相配"的条件也很容易:男性、年龄相仿、未婚。这几年还有人想给我介绍离异的男人,被老妈骂得躲开三尺。用老妈的话说,我是"黄花大闺女",凭什么要嫁给离婚的。

要我怎么跟老妈开口,说我其实不是黄花了?而且,如果真遇到合适的人,我也不介意他离婚不离婚的。后来想想说了只会徒增她伤心,随她去了。

今天的婚礼很盛大,现场金碧辉煌。

司仪的声音震耳欲聋。

典礼开始,我尾随其余伴娘鱼贯而入,站在台上一隅。灯光打在脸上,有点刺眼。

小师妹挽着她父亲的手,仪态万方,缓缓地朝台上走去。一头如墨的头发披散在身后,纯白色蕾丝婚服把她衬得窈窕可人,头上束着白色箍花瓣,显得很女神。小师妹笑靥如花,楚楚动人。她今天确实格外美丽。

司仪仍旧说着千篇一律的祝福:新郎从新娘父亲手里接过了新娘,这是一生的承诺。自此,公主挽着王子的手,也挽着她一生的幸福,走向婚姻的舞台,让我们祝福他们……

掌声雷动。

一瞬间,我突然有点走神。如果当年我选择了留下,如果当年我没有那么毅然决然,现在的我,又过着什么样的生活?

刘芸的一张笑脸突然出现在眼前。我自嘲地想,她现在过着的生活,不就是我差点过着的生活?她几天前来复诊,各项血值正常,B超结果显示双胎发育良好。她跟我见过的无数试管婴儿成功的女人一样,笑得满足而幸福。肖然和她对我迭声道谢,他小心翼翼地挽着她,仿佛她是世上无二的珍宝。

一定是吊顶的大灯和震耳欲聋的音响,让我头晕目眩。

又是一阵欢呼,原来小师妹扔捧花了。

科里一个护士抢到了,欢呼雀跃。

漫长的典礼终于结束,我拖着长裙回到酒席。大师姐看了看我,担心地问:"你没事吧?我看你脸色不太好。"

陈主任笑说:"我看她是没抢到捧花,心里愤愤不平。"

我勉强笑道:"今天上班有点累,下了班站台有点撑不住。"

"那么年轻可得注意身体。我们当年一上手术台,一站就站一天,也没谁喊累。生殖科还算医院轻松的科了,不应该累啊。"

酒席对面传来一个声音。原来是一位戴着老花镜的白发妇人。大师姐忙说:"丹妮,贾主任在跟你说话。"

我赶紧问好。

"小梁,什么时候到你结婚呀?"贾主任问。

我心想,我在医院也算不上什么名医,这老教授怎么会认识我?我定了定神,开了句玩笑就混过去了。

酒席上大家又在讨论学术问题,不超过生殖科、妇科、产科、儿科等范畴。

也不知谁感叹了句,人的怀孕时间怎么那么长?

没想到宫瑾滔滔不绝讲起来:"其实人的孕期不算长。猫狗孕期两个月,牛、羊、猪孕期四五个月,马怀孕要三百多天,十个月左右。还有大象怀孕要二十二个月,够长吧?"

他的回答引发了大家的好奇心,大家纷纷问道:"你怎么会对这些数据这么了解?"

宫瑾尴尬地一笑:"我从小就喜欢动物,稍稍关注了一下。"

大师姐在旁哀叹:"如果是男人怀孕就好了,动物界有没有雄性动物怀孕的?"

"还真有——海马。"

有人接话道:"海马怎么怀孕的?"

宫瑾神秘一笑:"海马繁殖交配时,雌海马把卵子植入到雄海马体内完成受精,然后雄海马负责孕育和分娩。所以怀孕的,是雄海马。"

陈主任说:"如果人也是如海马这般怀孕,就有意思了。"

大家又是一阵大笑。

补小花说:"等等,雄海马怀孕,那雌海马不应该叫作雌海马,雄海马应该叫作雌海马才对啊。"

贾主任说:"你哪个科的?学艺不精啊。你们大学入学时,应该都学过动物学这门课。生产精子的是雄性,生产卵子的是雌性,不以交配模式和生产模式的不同而不同。怎么能够因为雌海马不怀孕,就说它不是雌海马?"

补小花尴尬地吐舌。

大家连夸教授知识广博。

陈主任问:"贾主任的诊所开哪儿了?"

有人说在北京西路的哪儿。

我暗笑,又是一个退休后仍然在一线兢兢业业挣钱的教授。

我时不时盯着贾教授偷看一眼,搜肠刮肚地想,我到底什么时候认识这号教授的?为什么怎么都想不起什么时候见过她?

也不知道是不是太累了,我的左额处开始隐隐发疼。终于熬到酒席散时,陈主任推说老婆怀孕先溜了,宫瑾也跟着溜了。大师姐说:"我看你今天状态不好,我送你?"

我不客气地答应下来。

我问大师姐:"这个贾教授到底是谁啊?怎么会认识我?"

大师姐手握方向盘,眼睛余光瞟了我一眼:"真不记得了?"

我说:"我要记得今天就不尴尬了,还好你提醒我,感谢感谢。"

大师姐叹一口气:"看来你真不记得了。你才到科里时,我帮你牵过线,想把她儿子介绍给你——你们两人同龄,你见过一次,回来就说不合适。"

我冥思苦想,贾主任的儿子,长什么样?可无论怎么想,这人总是一团模糊的影子。头又痛起来,我小声嘀咕:"我真记不得了。"

大师姐幽幽地说:"记不得也好。后来我觉得,你没有看上他也挺好,不然到今天未必有你现在过得好。她儿子当年特别快地结婚了,好像是跟他一个同事。飞快。可能也就过了三四个月吧,转眼间又飞快地离了。谁知没过几个月,又结了。"

我哀鸣一声:"妈呀,为什么别人结婚离婚都那么容易?"

大师姐说:"别人不挑呗。这故事还没说完——你猜她儿子离婚后,又找了个什么样的老婆?"

我摇摇头。

"反正我有点想不通。她儿子找了个离婚还带孩子的农村妇女,年龄不小,有三十五。我为什么那么清楚?等会儿就说到了。我就特别纳闷,他们那种家庭怎么会同意呢?她儿子在某个政府部门工作,就算离婚了,也不至于找一个差距那么大的。

"有天,贾教授神神秘秘地领着她儿媳妇来找我,我这才知道,贾教授的儿媳妇要做试管婴儿,做的还是二代试管——你懂的。后来,我才知道,原来贾教授的前一个儿媳妇,先天子宫畸形,没法怀孕。后来找的这个儿媳妇,有人跟我说,这门亲事,还是贾教授自己看中的。我就纳闷了,贾教授看人眼光可毒着呢,怎么会提议这门看上去门不当户不对的婚事?"

我说:"她第二个媳妇长得好看吗?"

大师姐笑道:"长得还行。"

我搭腔道:"这事还是不符合逻辑啊。"

大师姐说:"表面上不符合逻辑。我恶意揣测,贾教授是看中了她能生儿子。"

我一个激灵坐直了:"不会吧?"

大师姐说:"我可能真的很八卦——这事当然也就你我之间说说,万万不可传出去。你猜我怎么猜出来的?她媳妇在我们科看病,我听见她跟其他病友大声说,她婆婆如何如何好。她婆婆说了,如果生一个儿子,给五十万;生两个,一百万。所以她说,拼着老命也要做试管婴儿,一次不成,就两次,两次不成,就三次,总有成的一天。"

"不会吧?"

大师姐切了一声:"怎么不会?这样的事情在社会上多着呢。我只是没想到贾教授也这样。唉,多少年的妇科专家,老了老了,还是觉得必须得抱上大孙子才人生圆满。"

我总结道:"原来表面上不合逻辑的事情,本质里却有一个极其强大的逻辑在支撑。不过,这事倒也能理解。"

大师姐说:"我不是不理解。只是想到就连大半辈子天天看着人生人死、人情冷暖的妇科医生都如此,那普通人岂不是更难以超越'不孝有三,无后为大'这一传统思想的束缚了。我是心酸啊!"

我笑说:"看来今天上演了一出'大龄女青年在婚礼上偶遇

相亲对象他妈,扯出他妈的惊天秘密'的大戏。"

大师姐大笑:"丹妮,说来你可能不信,其实有时候我挺羡慕你的。女人一结婚,就失去了自由。有时候我也会想,婚姻带给女人的,究竟是利大于弊,还是弊大于利?我这次做试管婴儿,特别有感触。如果达到了经济自由,如果每个人都可以百分之百自由地去选择她们的人生,我们科的病人还会那么义无反顾吗?不说别人,我自己很可能根本也不会选择试管婴儿。孩子的问题,有就有,没有就没有,一切归于天,一切听天由命。"

说到"命"字,她的声音突然哽咽起来。

我正想安慰她,才叫了一声"师姐——",她却一只手朝我摆了摆,示意我不要说话。车里的冷气一阵阵袭来,我的头仍旧疼着。车窗外街灯闪闪,市中心的大商场、临街的店铺、高耸的写字楼,处处灯火通明。南城像一个不知疲倦的孩子,现在还没到它的入睡时间。

车里的收音机扭开了,里面传来字正腔圆的女声:我省高温酷暑愈演愈烈,高温成为天气主角。昨日,我省酷热程度进一步加强,有26个市、县、区最高气温超38℃,7个市、县、区最高气温超40℃,发布高温红色预警信号的县、市上升至28个,最高气温依旧是南城,已达41.2℃……

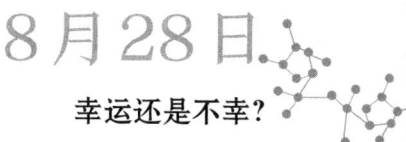

8月28日

幸运还是不幸?

最近天气逐渐转凉。至少不似盛夏,雨过之后,水汽蒸腾起来,空气仍然潮闷难耐。

昨天下午,天色灰沉沉的,忽然刮起大风,不出一会儿,便噼里啪啦地下起大暴雨来。

我的生活,一如既往地被门诊、手术、开会、看文献、做实验、写论文等事情填充。工作之余,时不时参加一场尴尬的相亲,反倒给我平淡的生活增添了一点调剂。自过敏后,老妈不玩插花了,整日在家抱着iPad看着十几年如一日的电视连续剧。

生活仿佛波澜不惊,如流水般缓缓向前,偶尔从中迸出几颗小石子,弹跳到潮湿的岸边。

我告诉大师姐:"我发现小师妹最近突然不化妆了,真是奇怪。"

大师姐悄声说:"一点也不奇怪,她肯定是怀上了,年轻就是好啊。"她的语气透着两分八卦、三分心酸,还有五分无可奈何。

我暗暗观察小师妹的脸,确实瘦削了,苍白的皮肤下可见淡淡的绿色血管。她的颧丘和鼻尖不知什么时候冒出了几颗细小的雀斑,仿佛空山清雨后的泥点,竟有几分可爱。

我拍拍大师姐的手臂:"别难过,试管一次就顺利的人太少,休息一段时间,调养一下再来。"

大师姐苦笑:"经过这一遭,我想通了,要懂得在人生中及时止损。如果说我从这件事上收获了什么,至少,终于懂了病人的痛苦。所以这一趟苦,也算值了。在这件事上,继续,或者不继续,都是一种痛苦,进退维谷的痛苦。与其一次又一次地做下去,不如顺其自然。"

想起大师姐之前告诉我的林林总总,我不免有些担心,问道:"那你跟家里人沟通好了吗?"

大师姐先是点点头,又缓缓摇摇头:"我跟家里人说了我的想法。他们都劝我再做一次。但是我真的不想再来了,费钱费精力,我又不是没孩子——难道这件事我还不能做主吗!"

突然一个声音传来:"做什么主?"

我们俩都被吓了一跳,扭头一看,原来是陈主任靠在办公室门边,试图跟我们搭讪。

大师姐愤愤地说:"什么都被你听了去。我们科是不是没有秘密了?"

陈主任笑道:"我才过来,就听到一个'做主'。"他手交叉在背后,慢悠悠地踱到我们面前,突然面色一沉,低声说道,"你们俩有空劝劝宫瑾。"

宫瑾辞职了。

谭主任、陈主任轮番找他谈话,但他执意要辞。看来上一次宫外孕患者的事情,他始终放不下。我去找他时,他正收拾东西。他来的时间不长,所有东西整理下来就一个小纸箱,里面装得满满当当。

我问他:"你一定要走?一个医生在他的职业生涯中,偶尔犯一次错误很正常。有一句话这么说的,以前犯的错,都是在为以后的成功铺路。"

他苦笑:"你觉得我们这行真允许你犯错?病人总把我们当上帝,但我们总有演砸了的时候。你还记得有个医院采取封闭抗体免疫疗法的医疗事故吗?"

我点点头。这项治疗方法主要针对不明原因的反复自然流产患者。前几年那家医院的事情闹得很大。有个医生在治疗过程中,违反"一人一管一抛弃"的操作规定,在操作中重复使用吸管造成交叉污染,导致五名患者感染艾滋病病毒。这件事被定为极其恶劣的医疗事故,这家医院的院长、副院长等领导引咎辞职,涉事医生被判决为医疗事故罪,被判刑。

我说:"你上次的情况跟那件事性质完全不一样。那家医院出现医疗事故的原因在于医务人员违背了最基本的操作规程。他捅了那么大娄子,理应受到惩罚。但你的这件事……仔细想想,就算是病人自然怀孕,也会有宫外孕的情况出现,对不对?"

宫瑾沉默不语。

我苦口婆心地劝道:"你有没有想过,就算你当时在给病人做B超时发现了宫外孕,病人还是要手术治疗,所以她的另一个孩子大概率还是保不住。所以无论我们怎么做,也许结局都不会改变。但是，你一定要清楚，在操作规程上我们绝不能出错。我听医务科的人说，现在但凡被认定为医疗事故的，患者只要告，一告一个准。"

宫瑾长叹一声："是啊。这就是我最绝望的地方。就算我们每一步都做到了，而且每一步都做对了，还是不能保证病人一定安然无恙。

"就说取卵吧。有一次我跟陈主任搭班。有个病人明明感冒咳嗽，但她瞒着我们不说。可能因为吃了消炎药，术前检查时她的血常规正常，白细胞并没有升高，其他各项检查也都正常。临手术前，我们再次跟她确认，问有没有感冒，有没有发烧，有没有吃东西喝水，她仍然说没有。然后，我们就在不知道的情况下给她全麻了。她从麻醉中醒来后咳得那叫一个厉害，我们这才发现原来她感冒挺严重的，之前一直在忍。感冒是不能全麻的啊！她也是命大。如果运气不好，可能一口痰就回不来了！现在想想真是心有余悸。"

我说："这样的病人很少，绝大部分病人还是听医生话的。"

宫瑾重重地摇头："概率问题。可这就跟飞机出事似的，没有遇到则已，遇到则是百分之百。我怕了，真怕了。你别笑话我——从读研到现在，成天不是战战兢兢地跟精子卵子打交道，就是如履薄冰地跟精子卵子的主人打交道。我越来越迷茫，也越来越厌恶这份工作。这难道真是我想要的生活？接下来几十年，我每天都要担惊受怕地度过？我想了很久，终于想通了，反正年轻，索性重新出发——考博。学动物学。动物比较简单。

比人好打交道多了。"

我突然觉察到了一种复杂的情绪，既替他高兴，又为他惋惜，还有一丝兔死狐悲的难过。

小师弟是勇敢的。

我不敢辞职。学医从业，一晃十几年过去了。我发现自己除了会给人配种以外，别无所长。离开医院，离开生殖科，我还能去哪儿？我还能干啥？

我不再劝小师弟。他还年轻，他还有重新选择的机会。也许他是幸运的。

今天我的一个病人突然查出怀孕了。她因为备孕两年未果就诊，原发不孕，双侧输卵管通而不畅。目前她已经做完试管婴儿前期所有的检查，在两周前打了一针降调。

今天只是促排前常规抽血激素检查，结果HCG血值显示她已孕。

补小花感慨："生命太神奇了，多少人才能有这样一个奇迹？"

我说："大概一千个人里面能有一个，我也是第一次遇到这样的病例。"

降调针已经使她的四项激素降到最低，现在要重新调节她的激素。尽管这个孩子能不能平安来到世上，还是一个悬念。但无疑，相对于其他患者，她仍然是幸运的。

最近这一个月，我的梦境诡谲奇异，经常梦到成群结队的老鼠闯进家里，在地板上爬，在床上爬，甚至在天花板上爬，我却躺在床上动弹不得,眼睁睁地看着它们爬来爬去。梦里的害怕、恶心、惊恐,难以描述。梦里老妈勇猛地拿着扫帚赶老鼠,可是无论她怎么赶,老鼠仍然源源不断地爬进来。

好几次,我都在自己的尖叫声中惊醒。

9月17日

市场需求

补小花像发现新大陆似的在我们科转了一圈,说:"我才发现,我们医院对面,又开了两家宾馆。我妈说最近秋老虎,天气热得反常,热得让人发慌。那么热的天哟,我走过宾馆门口,一阵冷风迎头飘来,我小腿一凉,哇,冷气开得比我们医院还足。真是财大气粗啊。"

小丫头正在嘚瑟,被罗护士长无情打断:"少见多怪。有句话怎么说的,给我一个支点,我就能撬动地球。给我一个生殖科,我就能送你一条街的宾馆。"

"送我宾馆干吗?方便下次约?"陈主任不要命地接话。

罗护士长娇声啐道:"约你个头啊。陈老师越来越不像话了,谁的便宜都占。"

补小花的头左偏右偏地偏到我面前,问:"梁老师,开宾馆真的是因为我们科?"

我存心逗逗这小丫头,回道:"对,刚才陈主任不说了吗,因为我们科约的人多。"

补小花皱眉噘嘴飘出"哼"的一声,表情和声音配合得天衣无缝。

小师妹看不过去了,说道:"小花你想啊,来我们科,还有我们隔壁医院生殖科做试管婴儿的很多人都不是本地人,试管病人的病程又比较长,检查、促排、取卵、移植一系列做下来,没有四五个月,至少也得两三个月吧。那么长的时间,不住宾馆住哪里?"

补小花继续开启咋呼模式:"怪不得怪不得。有天我内急,不得已去对面的一家宾馆上厕所。才进去就有人把一张名片从地下门缝里塞进来,吓得我半死。让我想起小时候听过的鬼故事,什么鬼给你递手纸,你第二天就得死。结果我壮着胆子一看,上面竟然是地下黑中介的电话,服务还挺多,代孕,供精,供卵,什么都有,还特别不要脸地写包生儿子。"

大师姐总结道:"这种灰色产业链之所以存在,就是因为市场有这样的需求。"

市场当然有这样的需求。

有人是迫于无奈。比如有的病人身体条件确实不适合怀孕,不得已会考虑代孕。有的病人,卵巢早衰,供卵等了五年也没有消息,这厢有人告诉你,不仅有卵,还可以挑卵,怎么着也要铤而走险试一试。正规医院不能挑选性别,因为与国家法律法规不符。而想要个儿子,是一些人毕生的夙愿,他们甘愿冒着被骗的风险,也要试一试。

罗护士长说:"前几天我逛了逛国内比较有影响力的试管论坛,就有人在讨论去泰国做试管婴儿,因为泰国可以选择性别。

帖子里马上有人跟帖,说去了泰国比较大的几个生殖中心,发现那儿的病人几乎都说中国话。为什么要千里迢迢地去泰国做试管婴儿?因为可以包生儿子啊!"

几个护士义愤填膺。

大师姐说:"以前还在妇产科——那时还没有开放二孩政策,几乎所有产妇听到自己生的孩子是女儿时,脸上的表情都带着失望。是的。那一瞬间,听到是女儿,就是失望。当人在极度疲惫和虚弱时,根本没法控制自己脸上的表情。我并不是说她们重男轻女,她们很可能本人更喜欢女孩,但是在当时那种情况下,至少我看到的,产妇脸上的表情是失望,而生了儿子的产妇表情则是如释重负。"

罗护士长说:"可不是!我一个同学怀了二胎,她之前有一个女儿,也口口声声说自己更喜欢女儿。那天在街上遇到了,我就随口说了一句,我觉得你这次怀的是女儿,结果她明显地不高兴。虚伪吗?也不是。大家其实误解了,中国人其实并不重男轻女,中国人只是更喜欢儿女双全。"

小师妹说:"如果我说希望自己怀的是儿子,是不是会被人指指点点?其实我无所谓。而且我也相信,大多数孕妈也都无所谓,只要是自己生的,啥都好。可恶的是某些封建传统观念、某些老思想。"

大师姐说:"可不是。都什么年代了,每个月还有那么多人跑来问我们能不能包生儿子。"

其他人继续就人工助孕的灰色产业链进行探讨。凡是谭主任不在的场合，大家就比较放松，可以畅所欲言。陈主任又在侃侃而谈生殖医学的伦理和法律问题，假设一个代孕妇女，她怀的孩子有生理缺陷，孩子的生物学父母要放弃这个孩子，而她不愿放弃，那么这个孩子属于谁？

我且把陈主任的声音当作背景音，抓着小师妹问道："你前几个月不是去泰国度蜜月了吗？有没有去那儿的生殖中心看看？"

小师妹哭笑不得："我们又没有不孕不育，好不容易出趟国旅游，干吗去生殖中心转悠啊？"

我嬉皮笑脸道："就不好奇吗？"

小师妹翻了个白眼："你也真够变态的。"

"人妖你总看了吧？四面佛拜了吧？"

"怎么突然对我的泰国之行感兴趣了？"小师妹瞄了我一眼，"人妖没去看。我家那位不许我去，说是太乱了。我们去拜四面佛了，"小师妹压低声音在我耳边轻轻说道，"你别说还真灵，我们拜四面佛时许愿要一个宝宝，结果回来就发现怀上了。师姐，你要不也去拜四面佛许愿，没准姻缘就来了。"

真的吗？当人生遇到困境，求神拜佛真的管用？

小师妹怕我不信，继续碎碎念道："你到时候去拜四面佛的时候要注意，有四面，每一面代表人生中的一样东西，事业、财富、健康、感情。拜的时候，每个面放一个花串、三支香、一支蜡烛。你特别想要的那一样，就再放一个花串。比如，到时候你就可以放在感情那面。"

我笑着摇摇头:"我还是放健康吧。什么都没有健康重要。"

大师姐说:"你俩叽里咕噜地说什么悄悄话呢?"

我装作泄气的样子说:"小师妹在担心我的人生大事呢。一想到将来,我某颗宝贵的卵子要跟某个不知道是谁的某颗并不宝贵的精子相结合,莫名地觉得有点恐怖,而且一点都不浪漫。我真不想结婚,但是不结婚就不能怀孕,不能名正言顺地当妈。我虽然不想恋爱,不想结婚,但我想当妈啊!你们谁来救救我……"

大家被我的话逗得笑喷了,打趣我就是因为作为高龄单身狗在生殖科待久了才有这些乱七八糟的想法。陈主任最过分,大笑道:"这个忙我可帮不了你!"

哼,这帮粗人,我愤愤地想。

10月9日

日常，日常

胚胎培养室里。

"患者姓名？"

"女方姓名：×××。"

"正确。"

"男方姓名：×××。"

在高倍显微系统的控制下，我把两小时前从病人身上取出的卵母细胞吸入预热的培养皿中，按住巴氏吸管的一头，让气流轻轻地吹到卵丘复合物上，吹掉外围较多的卵丘和放射冠细胞。

这一步顺利完成。

接着，再一次用巴氏吸管将卵母细胞滴入培养皿中，换上一个口径更细的巴氏吸管，进一步清洗卵母细胞。清洗完毕后，把卵母细胞放到培养皿中，再放到二氧化碳培养箱中培养。这一系列流程我都完成得小心翼翼，就像把婴儿放到保温箱中那么小心翼翼。

两个小时后，我在胚胎培育室里见到了今天的操作搭档——陈主任。我见到他的第一句话是："精子准备好了吗？"

陈主任翻了个白眼给我："卵子清洗了吗？"

我说："卵子不仅清洗好了，操作针和显微镜我都调好了。"

接头暗号成功。

虽说这样的操作我们进行了上千遍，虽说最后的结局有诸多方面原因的影响，但是今天我们仍然跟之前一样，有一点点紧张，因为我们知道，对于病人来说，成败的关键还在于我们的手——抖，不，抖。

今天我们要进行的是二代试管操作，也就是卵泡质内单精子注射，简称为ICSI，是借助于显微技术将一个精子直接注射到卵母细胞质内形成受精卵的技术。二代试管适用于精子有问题的夫妇，比如精子过少，或者不具备运动与受精能力，或精子穿透障碍产生的受精失败。总之，ICSI更适用于由于男性的原因而导致的不孕。

陈主任难得严肃地朝我一点头，准备开始去抓小蝌蚪了。

几秒钟过后，他抬头笑道："今天开局不错。我用注射针轻轻压了下精子尾巴，它就被吸进显微注射针了。"

我笑道："一次成功？"

"一次成功。"

陈主任缓缓地递给我显微注射针，现在轮到我来操作了。

我屏住呼吸，在高倍显微镜下先固定好卵母细胞，然后将显微注射针尖调整到合适的位置，缓缓推动显微注射针，把精子推送到距离针尖二十微米的位置，进针。

卵膜被穿破。

这一瞬间,我们挑中的幸运精子被注入卵子中。

我快速地撤出注射针。

观察显微镜下的卵子,渐渐地,卵膜恢复到正常位置,能够看到精子完全地、彻底地被卵母细胞的卵泡质所包围。

我轻呼了一口气,把注射过精子的卵母细胞移到受精皿中。

这是一个多囊卵巢的患者,她的配偶又是弱精症,符合二代试管的指标。这次一共取出了二十三颗卵泡,所以我们还要操作二十二次。

我和陈主任欣喜地看着受精皿。虽然在我们人类的肉眼看来,只能看到受精皿上一滴一滴的培养液,但是我们知道,里面的受精卵已经开始孵化。十八小时后,其中一些将有机会成为活生生的生命。

陈主任说:"这种时候,我感觉自己是上帝。"

我扑哧一声忍不住笑了:"自恋狂。"

"你不觉得吗?尤其我在挑精子的时候,专挑那些又肥又壮的,感觉就像——"

"就像什么?"我暗笑。

"就像上帝选中了亚当,而你,就像圣母马利亚选中了夏娃。"

"少瞎扯。虽然我不是基督徒,但是《圣经》故事可是读过。亚当是尘土变来的,夏娃是亚当的肋骨变来的。少来诓我。"

我们同时哈哈大笑了几秒。

陈主任正色道:"其实,觉得自己是上帝纯粹是偶尔的错觉,"他的声音带着一种郑重,"每当我精挑细选精子的时候,心想自己何德何能,竟有权利去干这个活儿?这是一种荣幸,至高无上的荣幸。"

我点头。

确实是一种荣幸。在一个生命到达这个世界之前,不仅见到了他/她最初的样子,而且参与创造了他/她,不是荣幸是什么?

接下来就是收尾工作了,我们开始清理超净工作台的台面。一上午的紧张情绪终于缓解。我这才意识到,自己的后背已经湿透。

陈主任说:"小梁,有空能跟我说说上帝怎么造人的吗?感觉你很懂啊。"

我故意瞪了他一眼:"我什么都不懂。自己上网找去。"

这人简直,为老不尊到了令人发指的地步。

11月8日
生殖科病人的特点

今天是个好日子。

一到科室,就看到陈主任在给大家发喜糖,一副喜气洋洋的样子。他老婆生了,闺女。大家纷纷恭喜,连谭主任都笑道:"老陈,你也算儿女双全了。"

大师姐神色有点低落,小声说:"我跟他老婆同一个时间要孩子,人家都生了。"

我安慰道:"生孩子这种事情说不清楚,讲缘分。没准哪天早上你一起床,肚子里就种上了一个大胖小子。"

大师姐嗔笑着骂了我两句。

看到梵娜再一次出现在我们科门口,我感到欣慰而亲切,有一种见到老朋友的感觉。今天她来移植她的最后一个冻胚。

移植前,我看到她焦躁不安地在移植室门口走来走去。虽然今天不由我移植,但我还是不由自主地向她走了过去。

"怎么了?"

"梁医生,我好害怕解冻后宝宝融化啊。"

冻胚宝宝确实有解冻后死亡的风险。我也不能保证梵娜仅剩的一个胚胎一定能够解冻成功。

我沉吟了一会儿,说道:"虽然我不能保证你今天一定可以移植,但是我认为,你只能相信自己,相信你的宝宝。如果今天能够解冻成功,证明你的胚胎质量是没有问题的。退一万步说,如果解冻失败——当然我们都不希望发生这样的事情,那也是你没有办法控制的。上一次你没有成功,可能就是精神太紧张了。这一次,不要那么紧张,放轻松一点。"

梵娜点点头。

"相信这次命运会眷顾你。"

多囊女老师也回来了。今天她开始冻胚周期。她问我:"梁医生,我能问下我的方案为什么不是人工周期吗?我遇到好几个做冻胚的病友,她们都是人工周期。"

我解释道:"冻胚周期采用人工周期还是自然周期,对于临床妊娠率没有明显影响。不用担心这个问题。你虽然是多囊,但是月经周期比较规律,是可以选择自然周期的。每个人的身体条件不一样。所以别人做人工周期,你未必也要做人工周期。"

她点点头,满意地走了。

我无奈地摇摇头。在做试管婴儿的过程中,我发现女病人喜爱比较的心理极其普遍。

曾经有病人冲到我的办公室质问,说同做试管婴儿,为什么别人用进口的药物,她却用国产的药物。"我又不是没钱,想用好一点的进口药。"我只好耐心解释因为各人身体情况不一样,所适用的药物也不同,进口药并不意味着比国产药好。

病人对于我的解释，一般是将信将疑。

每次取卵后，总能听到病人叽叽喳喳地交流。

你取了几个？

你配了几个？

哇，你好厉害。

哇，我比你少。

哇，好羡慕你。

移植后抽血，她们又开始比较起各项血值的高低。

尽管我们一而再、再而三地告诉她们，每个人的身体条件和具体情况不一样，没有必要进行这种无谓的比较，引起情绪紧张，但她们对我们的建议总是置若罔闻。

女人真是一种奇怪而复杂的生物。

她们无私又自私，勇敢又胆小，乐于牺牲又斤斤计较。她们对同性，既怜悯又嫉妒，某些时候因为一些莫名其妙的原因自惭形秽，又在某些时候突然得意洋洋，充满优越感。

我想，也许我并不是典型的女人。

我拢了拢脖子上的大红格子棉麻围巾，走在落叶萧萧的街头。街道两旁，种植着高大的法国梧桐，人踩在落叶上，发出咔嚓咔嚓的声音。

远远地，隐约看到一个男人牵着一个女人。两人很亲密，走着走着，女人拉住了男人的手臂，男人就屈腿放低身子，女人在男人脸颊上亲了一口。

待两人走近，我心里哀怨一声。来者不是别人，正是肖然和刘芸。

刘芸的肚子已微微隆起,我在心里默算了一下,已五月有余。我心想,自从移植六十天B超后,她就从我们科"毕业"了。

是有好一阵没见到她了。

刘芸特别热情地跟我打招呼。她百般感谢,主动告诉我她怀孕的总总:第一次宝宝的胎动是什么感觉啦,最近的梦总是一片又一片的花园,也不知道是不是胎梦啦……又拉着我的手不放,说是她开的影楼刚好就在附近,要我上去坐坐。

我求救地看了一眼肖然。

肖然笑道:"你这一说到孩子,就絮絮叨叨地说个没完,梁医生很忙,哪有时间去我们影楼。"

刘芸捂嘴道:"怪我怪我。梁医生,你什么时候结婚了到我们家影楼来拍照啊,我给你找最棒的团队。免费。"

肖然笑道:"你胡说些什么呢?瞎操心。"

刘芸说:"我真是越来越不会说话了!梁医生,今天见到你太高兴了,我就口不择言了。你千万别介意。老肖,帮我跟你老同学好好赔罪,我先到店里去看下。"

肖然对我粲然一笑:"刘芸就这样,口无遮拦,简简单单。"

我淡淡说道:"挺适合你的。"

肖然降低了音调:"梁丹妮,你才去香港的时候,我每天度日如年。我想不通,到底我做错了什么,你非要离开我,去读什么博。那么多年,我一直觉得,当年错的是你,你没心没肺,抛下我,抛弃一切,抛弃我和你可能拥有的共同的生活……直到我和刘芸经过了这一茬,好像有点明白了你当年跟我说的什么学医的理想、信念、追求……你确实是一个好医生。"

他加重了语气,郑重地说道:"梁丹妮,谢谢你。"

他的表情虔诚而感激,跟我遇到的病人家属没什么两样。这就是当年差点跟我步入婚姻的人?

我有点想哭,却反而笑了出来:"我当年说过这么玄乎的话?"

肖然点点头。

我装作满不在乎地说道:"行啦行啦,别再追忆过去啦。搞得我跟白求恩似的,我可没有那么伟大。"

肖然笑道:"我看你们医生工作挺辛苦的。最近这几个月见到你,每次都觉得你很累。多注意休息,好好照顾自己。"

我说:"你就别瞎操心了。我自己就是医生,还照顾不好自己?你就放心吧。快走吧,免得刘芸等急了。"

跟肖然分别后,我在街上晃了很久。一种浓厚稠密的情感在我的五脏六腑里发酵,就像在胸腔里煮了一锅浓浓的沸汤,随时可以从身体里喷射出来。

我是怎么了?

是因为终于等来了与前任的和解?是因为这大半年,前任和他现任坚贞不渝的情感终于刺激到了我?是因为近两年情感的空白让我变得脆弱了,不堪一击了?

过去的点点滴滴,此刻竟如电影镜头闪回似的在我面前展开。

我有次出门忘记带手机,结果两人走岔了,他在公交车站等了我整整五个小时。见到他时,他的脸冻得通红,眉毛胡楂都湿漉漉的。

我不爱吃香菜,在学校门口吃牛肉粉,他耐心地一根一根帮我拣出来。

快毕业那年冬天,我心血来潮想吃冰激凌蛋糕就给他打电话。他二话不说,骑着自行车就送来了,但是我们几乎没有吃,因为太冷,咬第一口就浑身哆嗦。因为这事,他笑了我好久。

还是那年冬天的平安夜晚上,他突发奇想说,我们去领证吧!我和他玩笑般地第二天真去了民政局,结果发现需要先预约……

我突然眼眶发红,失声痛哭。我足足哭了两个钟头,然后擦干眼泪。

如果说,我这人有什么优点的话,那就是情绪发泄完毕后该干啥干啥。

就像骤然下了一场倾盆大雨,雨落之后马上放晴,绝不淅淅沥沥。

我冷静思索起来。这大半年遇到的相亲对象,平心而论,没有一个让我怦然心动的。这些年交往过的前男友,因为各种原因,也没有走下去。跟肖然,旁人看来,也算是在合适的年纪遇到合适的人,我们不是没有过甜蜜、喜悦、耳鬓厮磨,却终究敌不过现实——他还是不够爱我——虽然他当年嘴上说愿意等我,但我知道,其实他内心深处不愿意等我,四年都不愿等。

我叹口气,可人生又有多少个四年?反过来也可以说我不够爱他。说来说去,他还是更适合刘芸这样的女人,在两性关系里总能做到义无反顾、奋不顾身、勇往直前。

而我,从来都不是这样的女人。

张爱玲说过:有两种女人很可爱,一种很会照顾人,会把男人照顾得非常周到。和这样的女人在一起,会感觉到强烈的被爱。还有一种很胆小,很害羞,非常依赖男人,和她在一起,会激发男人的个性的显现。另外一种女人既不知道关心体贴人,又从不向男人低头示弱,这样的女人最让男人无可奈何。

我应该是第三种女人吧?

如果在三十五岁以前,我仍然不能遇到一个肉体和三观都跟我契合的人,我该怎么办?我不确定要不要结婚,但是我很确定,自己终究是要当妈妈的。谭主任曾说过,任何人都有繁殖的权利。所以我该怎么办?必须在这几年殚精竭虑地不停相亲,直到找到所谓的另一半吗?如果找不到,我也会同许多女人一样,在现实面前委曲求全吗?

电光石火间,一个大胆的念头冒了出来。这个念头,已经隐隐约约地在我脑中盘桓良久,一点点地长大成形……它一直等待着一个契机。今天,它终于破土而出了。

我打开电脑,发了一封邮件。

11月25日
两件事

跟他联系上以后,这几周我主要做了两件事情。

第一件事。

瞒着老妈把户口本、港澳通行证翻出来,去了一趟公安局的出入境管理局,再神不知鬼不觉地把户口本放回去。(要是老妈以为我偷户口本是为了偷偷结婚就麻烦了。)

第二件事。

去到南城另一家医院的体检中心,反复挑选,找到了一个相对合适的体检套餐。

美中不足的是,我需要做的几项检查套餐里没有。我问接待护士:"能另外添加几项检查吗?我会另付钱。"

护士说:"我们这里的套餐项目不能随意更改变动。如果你要再增加一些项目,必须找相应科室的医生挂号,医生开出单子才能做。不过,你还要做什么检查啊?"

我说了几个名词。

护士一脸疑惑:"这些不是常规检查吧?为什么要做这些检查?"

我担心再纠缠下去会遇到熟人,略一沉吟,说道:"其他单子不用开了,不过,体检结果我要加急。"

12月1日

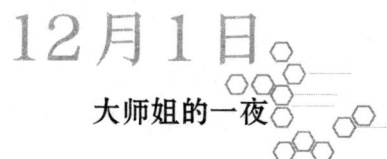

大师姐的一夜

今天到科里,才知道昨晚大师姐熬了一夜。

急诊科半夜来了一个女大学生,二十岁,在本地高校就读二年级。进急诊室时,她冷汗直流,恶心,呕吐,腹痛,乏力,阴道出血。

她看到医生的第一句话是:"医生,我疼得快晕了,救救我。"

急诊科同事怀疑她宫外孕,问她最近有没有过性生活。

女大学生咬牙切齿地说:"算有吧。"

什么叫算有吧?当然要问清楚。这女大学生说她当天做了取卵手术,取了二十五颗卵子。手术医生告诉她腹痛会逐渐减轻,但是随着时间的流逝,腹痛却越来越严重。

取卵手术是下午做的,距现在有十个小时。

问她在哪家医院做的取卵手术,女生死活不肯说。

问她结婚了吗,为什么要做试管婴儿,女生只是一味地摇头,沉默不语。

急诊科同事一看这情况,估计是女大学生在地下诊所卖卵出现情况了,赶紧打电话给我们科要求会诊。

大师姐接到了电话，连夜赶到医院。抽血检查血常规、凝血功能等各项指标，再做B超，各种检查做下来，大师姐诊断，女大学生的症状符合取卵造成的慢性渗出出血，也就是腹腔出血。

"最后是通过什么确诊的？"

"通过B超和血色素综合判断，"大师姐的声音喑哑，"当时我给她做的B超下显示，盆腔液性暗区深度异常，还能看见弥漫性的凝血块。一查血色素，下降得厉害。计算下来，失血量达到820毫升。

"当时两种意见，一种是开腹，一种是保守治疗。这几年我一直关注国内外处理这种情况的文献，发现大多数保守治疗患者可以慢慢好转。所以，当时我的意见是先保守治疗。急诊科的同事马上采取措施，止血，输入成分血，预防感染，抗休克。其实我心里也没底，如果她的血色素继续下降，血压继续下降，也只能进行急诊腹腔镜手术了。毕竟，再拖下去，别说什么卵巢保不保得住，命能不能保住，都难说。"

我想起大师姐的第一台取卵手术，当时病人就是因为罕见的取卵后腹腔出血没有及时发现而失去了生命。昨天晚上之于她，估计十分艰难。

"我们让她通知她的家长、班主任或者同学，但这个女孩子死活不肯。也是急诊科的那些护士聪明，趁她疼得昏头昏脑的时候，把她的手机拿来，抓着她的手，一个指头一个指头地试过去解锁。试到第二只手的中指时解开了，护士按通讯录里的名字挨个打电话。"

"父母来了吗?"

"我们打电话过去,结果电话那头根本听不懂普通话,只是听说女儿出事了,她妈妈在电话那头干着急。后来还是她学校的辅导员来了。"

幸好保守治疗起了作用,女大学生的血压、血色素和各项生命体征都稳定了下来。

兴许是因为大师姐救了她的命,天亮时,女大学生终于开口了。原来她上大学的那一年,父亲去世了,母亲一个人在乡下拉扯着她们三姐妹。来读大学前,她就在为学费发愁。好在村里人挺善良,东家西家地借钱给她们家,再加上学校的助学贷款和勤工助学,生活费勉强能够支撑。有天在学校女厕所的门背后看到了有偿捐卵的小广告,她试着打电话过去问了下,听说捐一次卵,只用做一个"无创"小手术,一次性就可以拿到两万元。

在中介的忽悠下,想想乡下的母亲,想想年幼的妹妹,她觉得这个险,可以冒。

她不安地问大师姐:"昨天各种医药费大概有多少?我还要住几天院?不知道除掉这些,两万块钱还能剩多少?"

大师姐不忍心告诉她,女大学生的卵子通过非法渠道,一颗就能卖到二到三万。昨天她差点付出了生命的这一单,黑中介至少赚了五十万。

听完了大师姐的工作汇报,谭主任和陈主任劝大师姐回去休息,早上她的门诊由我来顶着。

大师姐犹豫着答应了。等两位主任走了,她悄悄告诉我,她打算待会儿去急诊科那边再看看那个女大学生。说着她似乎想起什么,又在皮包里翻找着。半天,她叹了口气。

我问:"你不是要给那个女学生钱吧?"

大师姐说:"那你有现金没有?我的钱包里竟然没放银行卡。借我两千元,明天还你。"

我默默地去楼下的ATM取款机取了三千元钱上来,说:"多的一千元,算我的。"

大师姐似笑非笑地看我一眼,我眉一挑:"怎么?就许你献爱心,我就不能献爱心?"

大师姐粲然一笑:"怎么不许?"心满意足地去了。

大师姐刚走,我又开始了今天的坐台,啊不,坐诊。一连来了三个已经移植并且确定怀孕的病人,都出现了少量的阴道出血。无一例外,病人都非常紧张。

我先是安抚了她们的紧张情绪,接着细细询问血的颜色、血量,一一作出判断:这个着床出血,那个需要保胎,还有一个要高度重视,可能有宫外孕的风险。我一一嘱咐病人,让她们回去后继续观察,如果血量增加,晚上去看急诊,白天及时来我们科。如果没有异常,下次按时来做相关的复查。

很多人认为试管婴儿特别脆弱,特别容易流产,这其实是一个误区。从统计学上看,试管婴儿的流产率跟自然怀孕的流产率相差不大,试管婴儿的早期先兆流产率略高于自然怀孕的流产率。人体是一个非常聪明的系统,在某种程度上,会自发地进行优胜劣汰的选择。不过,试管婴儿比起自然怀孕的婴儿,实在来之不易,因此孕妇普遍更为小心,情绪也更为紧张一些。

陈主任说,听说有的医院会在通过试管婴儿技术出生的婴儿床头挂上一个"珍贵儿"的牌子,而自然怀孕的婴儿床头不会挂。那个年代,又没有放开二胎,自然怀孕的产妇和家属发现差别后非常不满,跑来质问:凭什么他们家的孩子是珍贵儿?难道我们家的孩子就不珍贵了吗?为什么要搞特殊?弄得人啼笑皆非。

12月15日

宝物在手

上周体检结果就出来了,各项指标都不错。我不禁小得意了一番,事情真是比想象中的还要顺利。

今天,港澳通行证新的签注也办下来了。我办的是三个月两次的签注,默默估算了一下,勉强够用。

两件宝物在手,我又联系了他一次,预定了启程日期。

现在麻烦的是,我至少要请两天的假,该怎么在科里和老妈那里混过去?

12月20日

众生皆苦

目瞪口呆!

这是我对今天两对门诊病人及家属的总结。

第一对是女同性恋。据她俩说,她俩来的目的就是明确一个问题:未婚女性到底能不能做供精人工授精?你们医院能做吗?或者说别的哪家医院可以做?尽管我自认为是一个非常开放的人,但还是被这个问题给惊到了。我脱口而出:"你俩来医院之前不上网查查相关信息吗?"

短发机车皮衣女孩说:"我们查过了,网上说不能,不过不死心,就想亲口问问医生。"

我明确地告诉她们:"不能,人工授精也好,试管婴儿也好,我国法律只允许给已婚夫妇施行人工辅助生殖技术。"

机车皮衣又问:"那么能不能告诉我们哪个国家可以做?"

我知道有一些国家可以给未婚女性做供精人工授精,比如美国,但是具体的政策我也不太了解。只好打了个太极,告诉她们:"对于这个问题,我不太了解,你们要不还是去网上查查相关信息吧?"

结果这两个女孩表示非常满意,说我的回答已经给她们明确了相关信息。

闲聊时跟小师妹说起这个话题,小师妹告诉我,她曾在网上看到过一个报道,也不知是真是假,说一对女同性恋到了美国精子库做人工授精,一人选了黑人哥们的精子,一人选了白人哥们的精子,最后俩人生出的娃一黑一白。

补小花听到了我和小师妹鬼鬼祟祟的聊天,插话道:"这一黑一白俩娃也没什么血缘关系,如果是女孩,可以结为姐妹;如果是男孩,可以结为兄弟;如果是一儿一女,还可以结婚。这叫——肥水不流外人田。"

小师妹抚掌大笑:"你别说,网上还真有人跟你想法一样。"

我憋着笑让她俩声音小点,一会儿谭主任听到了,又得给我们上人工生殖技术法律与伦理问题的课。同时,对她俩批评教育了一番,作为九〇后,怎么现在还有这种老思想,对同性恋存在歧视呢。

她俩忙申辩说刚才在开玩笑,同时拍着小胸脯申明,任何人都应有生殖权。

我说:"除了生殖权,其实还应该有拒绝生殖权。可是当你真正行使起拒绝生殖权,却会发现操作难度很大——尤其我国人民群众对怀孕生孩子这件事天然地抱有极大的热情。很多人对丁克夫妇的态度,虽然嘴上不说,内心却抱有隐隐的、潜在的恶意与批判:他们不要孩子,估计是身体有什么毛病吧?有时候甚至还会引申到:他们孩子都不要,干吗结婚啊?在我们国家,'结婚生子'都已经成为一种习惯性的表达了。大家默认如果没有事前特别说明,生子跟结婚是捆绑打包在一起的。在抱持着传统婚恋观的人看来,结了婚不生孩子,相当于一个包装精美的礼品盒里面,并没有放任何礼物。"

补小花激动得两眼放光,感慨道:"梁老师说得怎么那么有道理,那么深刻,那么经典!"

这丫头的马屁功夫长进了得。

第二个病人的丈夫没有来,陪着来的是一个年纪跟我妈差不多大的大妈。就诊过程中,我一直以为这阿姨是她婆婆。这个女病人十个月前怀孕流产,接下来几个月一直没有怀上,最近这个月查出两边输卵管通而不畅,而男方检查一切正常。

我的建议是可以再试两个月看看情况,在下次月经干净后来我们医院监测排卵,也许有机会怀上。

阿姨的眼神如鹰隼般机警而犀利。"有机会?有多大的机会?"

我一摊手,说:"这个任何人都不能保证。是否怀孕跟很多因素有关,女性当月的身体条件,比如卵子质量是否好,还有时机是否碰巧,另外还包括心理因素,等等。"

阿姨表达了时间来不及、想迫切做试管婴儿的愿望。

女生在旁边声音很小、气势很弱地说:"医生,我想再试两个月。"

我告诉她:"完全没有问题,是否选择试管婴儿,医院完全尊重患者的意见。"

阿姨脸上挂着不以为然的表情,又问到试管婴儿的费用问题。我告诉她们,如果做一代试管的话,总花费在三万到五万元之间。

阿姨豪气冲天地说"咱不差钱",接着开始喋喋不休地劝说起女病人,让她别费那劲监什么测了,下月就开始检查,准备做试管婴儿。

我直接打开门,在门口叫"下一位"时,阿姨才恋恋不舍地拉着女病人离开了诊室。

我摇摇头,这么十万火急希望女病人做试管婴儿的,十有八九是婆婆,不是亲妈。好在这婆婆还不错,在钱上没有斤斤计较。在生殖科这么些年,我早已总结出规律:婆婆带着儿媳妇来看病的,一方面心疼儿媳妇,一方面担心钱,另一方面就是希望儿媳妇快,快,快。所以我猜测这位阿姨是女病人的婆婆。

谁料到上午当我看完最后一个病人,那个阿姨就如一艘快艇般地冲进诊室。我心里有点怵,但仍然保持好脾气地问道:"您还有什么问题吗?"

阿姨一屁股坐在凳子上,开始一把鼻涕一把眼泪地诉说她的革命家史。这时我才知道她女儿——不是我认为的儿媳妇——做试管婴儿紧急和迫切的原因。她的原话是:"这简直是火烧眉毛的事。我是不能上,我要是能上,我就自己上了!"原来母女俩是从北方来到南城的。前几年阿姨离婚了,现在跟女儿女婿住在一起,她本人在小区附近的超市上班,方便照顾女儿。女儿上次一怀孕就辞职了,直到现在也没有工作。因为自上次流产后一直没有再怀孕,女婿最近在态度上有点怠慢母女俩了。

所以，她的女儿必须马上怀孕。

阿姨热情而充满期待地看着我："大妹子医生，下次我闺女再来的时候，你能不能帮帮忙，告诉她，让她直接做试管婴儿算了？这样快一点，而且有保证。"

我又口干舌燥地解释了半天，说做试管婴儿也不能保证她女儿马上怀孕。

阿姨不愿意相信的样子，反复纠结到底要不要做试管婴儿。我同情她的遭遇，但最终忍无可忍，下了逐客令。

众生皆苦，谁不苦？

我也很苦啊，讲了一早上，一口水没有喝，嗓子青烟袅袅，膀胱肿胀乎乎，液体全攒着一次性解决。

12月26日

借 口

距离启程只剩两天,今天必须要跟老妈和科室摊牌了。

早晨到了科里,补小花念叨道:"似乎天气越冷,病人就越少,最近终于没有人山人海啦,我们科的'生意'迎来了它的淡季。"

我手里拿着一份会议邀请函,心想,用这个理由请假,不知谭主任会不会买账。

一早上我都有点心神不宁,找不到合适的谈话时机。

到了中午吃饭时,科里的人都聚在一起,但是仍然没有看到谭主任。我装作不经意地问了一句:"谭主任呢?"

罗护士长说:"他下午临时要去县里开个会,刚刚在办公室整理文件,现在不知道出发了没有……"

还没等护士长说完,我就把饭碗一放,冲向谭主任的办公室。

他的办公室门敞开着,往里一瞅,没人。

我心想,完了完了,这个月如果请不了假,就得再等一个月,这事情会办得横跨年关,会有点麻烦啊。我不死心,在谭主任的办公室门口呆站着。

正当我一筹莫展的时候,忽然听到一个声音。

"小梁,有事?"是谭主任。

我心里轻松起来,脸上力求呈现出一副既热情又谦虚好学的表情。"谭主任,我有个香港同学告诉我,下周一他们那边有个学术会议,我想参加。不用科里出钱——我自费。想跟您请两天假。"突然觉得腮帮子有点疼,也不知道我脸上的表情是否到位。

谭主任擦着手,问:"什么学术会议?还跑到香港去开?"

我尴尬地笑道:"反正是跟IVF-ET(体外受精-胚胎移植)相关的主题。"顺手把会议通知递给了他。

谭主任细细看着会议通知里列出来的各项主题,说道:"这些议题倒是值得一听。你帮我也报个名,我跟你一起去。"

"啊?"没想到他会出这一招,我吃惊地张大了嘴。我不禁暗骂自己,有那么多的理由请假,为什么偏偏找这么个理由?怎么就没想到他也想去开会呢?

我结结巴巴地说:"谭主任,这个会……其实您听的意义不大,而且费用挺高的。"说到这儿,我恨不得戳死自己,难道谭主任出不起这钱吗?

"不,主要是我觉得这种会我们科一个人听就可以了……"我被自己的口才气哭了,要怎样才能说服他不去?

谭主任突然一拍脑门:"哎哟,我去不了。你别给我报名了!才想起来,我的港澳通行证早过期了,现在补办来不及吧?"

我心下大喜，嘴里说道："这也太可惜了。刚才我在想，如果不能报名了，我就不去了，您去就可以了。"

谭主任朝我挥挥手："去吧去吧。"

吃晚饭时，我跟老妈请假，她很高兴。"去香港顺便看看你那些同学。要是有还没结婚的，也可以留意留意……"

我一边大口吃着可乐鸡翅，一边聆听老妈对我不知道说过多少遍的脱单教育，心下纳闷：以前怎么没发现她口才那么好？我怎么就没有继承她的口才？任何事情，哪怕只有一点点微乎其微的可能性，她都能够扯到结婚上来。

12月29日

香港之行

一大早出发,我紧赶慢赶在两点前到了罗湖口岸。这一次我的通行证跟前几年的不一样,我乖乖地排在长长队伍的后面。

临近阳历新年,过关的人格外多。除了有穿着西装革履的商务人士、各种肤色和发色的外籍人士,还有一些年纪尚轻的小情侣。估计他们是去香港过新年。队伍里一些人,用粤语交谈着什么,我侧耳听了听,发现自己还能够听懂百分之九十,心下暗喜,看来语言功能没有那么容易退化。

空气里弥漫着焦灼等待的气息。盯着蓝底白字的"中国边检"四个字,我脑中竟慢慢浮现出昨晚吊诡的梦。

在梦里,我跟科里的大师姐、小师妹、罗护士长、补小花,还有几个护士成了同班同学。奇怪的是,刘芸也在我们这个班。我们一起参加了一场数学考试。放榜那天,我去得有点迟。我在去学校的路上遇到了补小花,她告诉我:老师说了,她们几个护士这一次不用参加考试。

等我到了放榜的地方,反反复复找了三遍,也没有看到我的名字,只看到罗护士长成绩最好,其次是大师姐。小师妹也考得不错。我找到老师,老师说:你的成绩可能漏了,你随我来办公室。老师递给我厚厚一沓卷子让我自己找,我翻啊翻啊翻,一直没有找到我的卷子,等到快绝望时,终于翻到了。上面没有分数,只有猩红的四个大字——此卷无效!

这时,刘芸不知从哪里冒了出来,手里扬着一张血淋淋的卷子,得意地注视着我。我吓得撒腿就跑,刘芸在后面追,一边追,一边发出狞笑。就在这时,上课铃响了。我一个激灵从梦中醒来,原来是闹铃响了。

现在想起这个梦,还是心有余悸。

我安慰自己,可能是压力太大了。

到达香港时,已经是下午3点。我拨通了他留给我的电话,电话里传来港味普通话的男声,是记忆中研究生同学Ben的声音。"你现在过来我这里还来得及。"

我顾不上去酒店,拖着行李箱前往香港养荣医院。

赶到医院时,已接近下午5点。一个护士马上迎了上来:"你好,请问你有预约吗?"

我说:"我预约了明天见侯医生。不过他知道我今天过来,"我顿了顿,说道,"我是他朋友。"

护士露出一副"原来是你"的样子,笑道:"你是梁医生吧?我叫Linda。侯医生早嘱咐过我,说你今天会来找他。你随我来啦。"

Linda把我带到了一个房间,木地板、柜子、桌子都是乳白色,墙上跟我们的办公室挺像,贴着各种试管婴儿的科普资料。

矮桌上放有几本杂志，我随手拿起来翻了翻，原来是业内的全英文医学杂志。Linda说："梁医生，这里是侯医生的办公室，他还有几个病人要看，你就在这里等等他啦。"

我道了谢。估计Ben一时半会儿完不了，我索性捧起一本杂志看了起来。

这是一篇探讨试管婴儿冷冻胚胎继承纠纷案的论文。一对夫妇因自然生育困难，在某医院采取了体外受精胚胎移植技术。取得受精卵后，医院冷冻了六枚胚胎。由于女方出现了腹水，于是推迟两个月移植。就在移植的前几天，这一对夫妇不幸遭遇车祸身亡。那么，这六枚胚胎属于谁呢？这对夫妇的父母是否有权处理？医院又一定有优先权吗？美国处理冷冻胚胎的思路，是否可以作为参考？

我正在思索着如果我们医院遇到了这样的事情，应该怎么处理，突然觉得有人拍了一下我的肩膀，我吓了一跳。

原来是Ben。

"丹妮！好久不见。一到香港就开始学习？"

我放下杂志，笑道："Ben，真是好久不见。明天可以开始吗？"

"当然可以。我今天先跟你介绍下我们的流程和收费标准。"

Ben讲解完，问我有什么感想。

我点评道："你们的流程比我们简单多了，检查项目也少许多。"

Ben解释道:"是的。尤其针对你这种情况,因为不需要移植,所以比其他病人的项目要少。"他提议约几个还在香港的同学出来坐坐,我婉拒了。"谢谢Ben,明天你要上班,我有检查,我想早点回酒店休息。"

Ben脸上闪过一瞬而逝的失望,随即又露出了绅士般的微笑。"丹妮还是你细心。我忘了,你这次来可是我的病人。那么,明天见。"

12月30日

你想好了吗

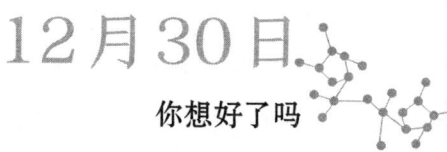

"什么时候出结果?"我按着肘静脉的止血棉签,问道。

Ben说:"B超结果马上出来,其余检查,估计两个钟头。到时Linda会发电邮给你预约下一步。中午你别急着回去,我们聊聊天,顺便定方案给你。"

中午Ben请我在附近的一家港式茶餐厅吃饭。他不好意思地笑笑:"太忙了,都不能请你吃什么好吃的。你的事情还有一些手续要办,你等下又急着赶回去,附近只有这个最快。"

我笑道:"我已经很满足了,还能有茶餐厅吃。我在内地上班只能吃食堂,要么就是盒饭——你不用担心,我挺爱吃这个,以前读书时常吃。"

Ben大笑道:"好像是。我还记得你以前问班上同学:丝袜奶茶是拿丝袜泡的茶吗? 怎么能喝啊? 太好笑了,笑到我肚痛。"

我也大笑:"你倒提醒我了,我今天要来一杯丝袜奶茶。"我朝服务员招了下手,"麻烦点单。"

Ben突然一副欲言又止的样子,说:"丹妮,这不是小事喔。你想好了吗?"

我正色道:"当然。深思熟虑。"

Ben理解地点点头:"其实在香港,我也遇到很多病人跟你的选择一样。现在的年纪做这个,正合适。"

我说:"其实我不排斥结婚,只是——不是现在。"

Ben说:"我支持你。你等于买了一份生育保险。现在香港,还有国外,很多优秀的女孩子,在某个年纪,没有遇到合适的人,又不想勉强自己结婚,都会选择冻卵。"

我赞同:"虽然我也没有那么优秀,但这确实是我冻卵的初衷。"

我和Ben又聊了聊各自的工作,发现大同小异,不过Ben轻松一些,挣钱更多一些。

Ben笑说:"梁医生,要不要考虑来香港工作?"

我笑着摇头:"放不下老母亲啊。你呢?一直都没问你,结婚了吗?"

Ben说:"毕业没多久我就结婚了。女儿都半岁了,胖得像小猪。"他说着打开手机,给我看他胖嘟嘟的女儿,眉眼依稀能看出他的轮廓。

我说道:"你女儿长得像你。"

Ben很开心,说起他女儿的种种可爱之处来。

我嘴里嚼着豉汁蒸排骨,突然想起来出发前老妈对我的耳提面命,心里暗笑。唯一见到的男同学都当爸爸了,真是岁岁年年人不同。

饭毕后,我们一同回到医院,又等了半个钟头,Linda把我所有的检查结果打印整理好了。Ben坐在书桌旁细细地看了良久,又用电脑打印了一份文件,说道:"根据你的体检报告和我们医院给你做的检查,目前没有发现什么问题。你身体条件不错,可以启动接下来的流程。你看一下,这是我给你做的方案,如果没有什么问题的话,就可以签字了。"

我接过来一看,月经第十九天复查四项激素和B超,然后打降调针,两周以后,开始促排。看来Ben给我定的是长效长方案。

Linda进来了,带来了一个小药箱,里面放了一只深蓝色冰袋。她指着药盒一件件告诉我这个药什么时候用,那个药什么时候用。末了,她扭头朝Ben调皮一笑:"侯医生,我不用教梁医生怎么打针吧?"

Ben笑着摇摇头:"丹妮,趁着还没有开始,我觉得你回去后还是再想想清楚。如果真的想清楚了——"他停顿道,"过段时间你算好日子打降调针,记得给Linda发个邮件,告诉我们。我们这边要做记录。在此期间的B超、抽血,不用来香港,在你们本地医院应该就可以做。不过,在你打完最后一针促排针后,必须尽快告诉我们。HCG针的时间,你知道相当关键,我们会反馈给你,你必须在规定时间内准时打针。"

我举手敬了个礼:"OK,OK。一切听Dr.侯的。"

把药箱小心地装在行李箱里,我匆匆乘坐摩肩接踵的香港地铁,再一次回到人山人海的罗湖口岸,接着马不停蹄地前往机场。

机场广播通知，由于南城突起大雾，深圳飞往南城的飞机晚点。我坐在登机口旁边的绿色皮椅上，等候进一步通知。从航站楼的窗外看去，停机坪上的暖色黄灯已经打开，映着淡墨色的天空，几架飞机停靠在停机坪上，等待起飞。太阳还没有完全落到地平线以下，余晖穿过候机室的玻璃，映照在我的脸上和身上，全身暖融融的。

我突然感到一种前所未有的宁静。

1月1日
年岁痴长

又是新的一年。

钱包没鼓,能耐没长,体重越来越重,护肤品越来越贵,朋友联系越来越少,认识的靠谱男人越来越少,适合结婚的男人更是越来越少……

总结起来四个字:年岁痴长。

今天不用上班,在家休息,我索性拿来思考人生。婚姻到底有何意义?婚姻的作用是什么?或者说,结婚究竟能给人带来什么好处?

第一,婚姻的首要作用是让人合法地生一个孩子。未婚妈妈有多苦我不清楚,我只知道,没有结婚证,连试管婴儿都没有资格做。

第二,夫妻俩分工合作,降低生活风险。经济低迷的时候,两个人拿工资回家,总强过一个人拿工资回家。很多人搭伙过日子不就是图这一层吗?所谓男主外女主内,不就是家庭资源优化配置吗?

第三,满足情感需求。很多人认为情感需求是婚姻中最重要的元素。大错特错。尤其是很多女人,错误地把情感需求放在婚姻中的首位,要求自己的丈夫爱自己、关心自己、呵护自己,但凡男人哪里做得不好,动不动上纲上线,说什么你是不是不爱我啦,你是不是爱上别人啦,把男人弄得苦不堪言。爱情、激情、关心、爱护……这些代表感情的元素太主观了。人是会变的。再浓烈的感情,在日复一日柴米油盐酱醋茶的消磨中,也会逐渐淡去。但没有爱的婚姻,是不是更可怕?暂时不敢想。

第四,婚姻可以使人看上去拥有一个相对正常的生活状态。一些人的婚姻食之无味,弃之可惜,但是仍然舍不得放弃。习惯使然是一方面,让自己看上去拥有一个正常的生活状态是另一方面。不得不承认,跟随大众选择主流生活相对容易,非主流面对的压力总是更大一些。电影《中国合伙人》里面有一句台词:"我以前只会过一种生活,就是跟别人不一样。现在我知道了,大多数人都会选择的生活,才是值得的。"

曾经我对这话不屑一顾。大多数人都会选择的生活,有什么好过的?最近这一年,我才渐渐领悟到,曾经特别想要做到的特立独行,等自己真正做到了才发现,特立独行也许只是一种无奈之举。生活是庸常而世俗,脱离不了大众而存在的。男女平等嚷嚷了那么多年,男人依旧需要大把票子的成功,女人依旧待价而沽。本质的改变并没有发生。大多数人选择的生活,即便不是值得的,至少在某种程度上也算成功。而婚姻,则是生活世俗化的一种具体体现。婚姻带来的种种好处,爱情不爱情,风险不风险,正常不正常,我既不在乎,也不动心,除了第一条——

孩子。

啊！孩子！

年岁痴长，不知道什么时候我才能遇到合适的那个人？日历一天天往下翻，卵巢一天天在老化，终有一天，我将光荣地成为一名绝经的老年妇女，长着一张与生活搏斗成功后饱经风霜的脸。我可不敢奢望，到了那一天，"在一处公共场所的大厅里，有一个男人向我走来，他主动介绍自己，他对我说：'我认识你，我永远记得你。那时候，你还很年轻，人人都说你美，现在，我是特为来告诉你，对我来说，我觉得现在你比年轻的时候更美，那时你是年轻女人，与你那时的面貌相比，我更爱你现在备受摧残的容颜。'"

这种浪漫的、堪比电影镜头的情形根本不可能发生在我这个俗人身上。我觉得更有可能发生的情形是，绝经后的某一天，一个看似跟往日毫无区别的早晨，我醒来了，然后忽然发现，自己竟然还想当妈，可是我已经绝经了。

这是一个多么令人伤感的故事啊。

时不我待，必须抓紧时间。

1月7日

日常操作记录

今天我的任务是处理透明带。

不是透明胶带。

透明带是什么呢？我们的教科书上是这么写的：人类卵母细胞和早期胚胎周围包裹的十三至十五微米厚非细胞结构，由糖蛋白、碳水化合物、透明带特种蛋白构成。

用陈主任的话说，透明带是"蛋壳"。

用小师妹的话说，透明带是受精卵的"薄外套"。

这件衣服有什么用呢？当精子和卵子结合的时候，起到催情和隔离的作用，阻止多精子受精；在早期的胚胎形成后，这件衣服就是保护膜，保护胚胎的完整；待胚胎发育成囊胚后，这件衣服会逐渐变薄；等囊胚进入到宫腔后，要脱去这件衣服，才能定位、着床、植入于子宫内膜。

总之，在胚胎的早期生长阶段，透明带的厚度是随着时间而变化的，而且会随之变薄，最后消失。如果"蛋壳不破""衣服不脱"，最终会导致胚胎着床失败。

所以，处理透明带是为了提升成功率，可以帮助胚胎从透明带内孵出,我们叫作辅助孵化技术,简称孵蛋技术。

　　胚胎的透明带超过十五微米就是过厚,这种情况一般是卵子生成时造成的,三十八岁以上的女性就容易透明带过厚。透明带的硬化一般是胚胎冷冻过程中造成的。总之,蛋壳过硬或者过厚,都需要孵蛋技术来帮忙。

　　今天我需要处理的胚胎是受精后第三天的胚胎,胚胎的妈妈是一位四十岁的患者。显微镜下显示,胚胎的透明带略为增厚。

　　一进到实验室,发现陈主任也在孵蛋。我还没开口,恶人先调侃上了:"母鸡啊,准备好了吗?"

　　我没好气地回敬:"你是广东人吗?"

　　老陈一脸疑惑的样子,问我是什么梗。我倒忍不住笑了,告诉他广东人成天就母鸡啊母鸡啊,就是我不知道的意思。

　　我们用的透明带处理方法是切割法。胚胎游荡在37摄氏度缓冲液的水滴中,我们用显微操作仪一边的固定针吸住胚胎,另一边的显微切割针轻轻拨动胚胎,切割针选定合适位置进入透明带,给透明带开个孔。

　　这个操作,没别的要求,就是要胆大心细手稳。孔开得太大,可能会使胚胎部分内容丢失;孔开得太小,胚胎可能会卡在透明带上。关于后者,我们有一个文绉绉的描述,叫胚胎发生嵌顿。整个切割过程,必须迅速、干净、到位。手起针落,迅速打孔。因为操作时胚胎被移出了培养箱,温度及培养液的pH值发生变化,而胚胎是不喜欢这些变化的。

　　总之,孵蛋的火候很重要。

今天我的手,一如既往,一个字——稳。

已经打了孔的胚胎又被放回到培养皿中,在里面再沉睡两个钟头,它就能够和它的妈妈见面啦。

自我感觉,这母鸡当得挺值。

1月20日

秘密暴露

从这个月老朋友来看我的那一天起,就算到今天要抽血做B超。我早早跟罗护士长打了招呼,请她把我排为今早的普通门诊坐诊医生。

谁也不知道,几天前我神不知鬼不觉地在医院官网上给自己预约了今天的普通号。7点到诊室后快速开机,开系统,找到自己的名字,再火速开了四项激素抽血单和B超单。一气呵成。

7点半二楼的检验科开始工作。我看了看表,决定现在就下去排队,应该在8点前能回到诊室。

二楼检验科的十个窗口前,人群已经自动站成几列。人群的最前面,布置了两张高桌,两个工作人员分别坐在一张桌子的后面,她们在贴采血管的条形码。我把抽血单递过去,祈祷她们不要看出来开单医生跟病患是同一个名字。

工作人员条件反射般地把单子上的二维码一扫,看了一眼屏幕。我的心紧了一下。等了不知道多少秒,排在我后面的病人焦躁不安起来,有人大声质问怎么了。

我故作镇定地问:"有什么问题吗?"

她无奈地叹了一口气："大清早的，电脑死机了。"

我的心脏漏掉一拍似的跳了一下，心里默默祈祷，老天爷，拜托啦，千万别出什么意外。

听说电脑死机，后面的病人躁动起来，有人骂骂咧咧，转去排另外一队。

电脑终于重新启动。工作人员一阵噼里啪啦地操作。过了一会儿，传出细微迟缓的"咔咔"声，细长条的条形码从打印机里出来——像一只怪兽吐着纸条。工作人员仔细检查条码。我的心脏又一次咚咚作响。她熟练地把条形码贴在采血管上，递还给我，见此，旁边的病人也争先恐后地递上抽血单。

我暗笑，看来自己是多虑了。

拿着贴好条码的采血管，我在心里默默计算了一下，如果平均一分钟抽一个人的血，那轮到我仍然没有到八点，时间来得及。

正当我在队伍里等候的时候，突然听到有人叫我："小梁！"

我一回头，原来是陈主任。我心里暗骂，这人总是阴魂不散，烦人。

我的心快跳出嗓子眼，默默暗示自己放松再放松，尽量露出一个自然的微笑："陈主任，那么早！"

陈主任说："我在二楼有点事，突然觉得站着的有个人很像你，走过来一看，原来真的是你。怎么了，要抽血？"

我紧紧攥着采血管，手心里都要渗出汗来，尴尬地笑道："我最近有点感冒，抽血看看自己的白细胞有没有升高。"

陈主任笑说:"你也太小心了,感觉不像你的风格啊。要我说,你根本不用抽血,感冒了吃药只是缓解症状,多喝点热水就行。"

我一指人群:"我都找人开了单子了,再说我都排那么久的队了,不抽多亏啊。"

陈主任笑笑:"行吧。那我上去了。你注意身体。"

我长呼一口气,做特务真心不易。

中午吃饭时,大家听说了我抽血的事情,对我一顿嘲笑。

尤其补小花,评价我"神经兮兮,小心谨慎,过度焦虑,小题大做"。

小师妹嫌弃地看了我一眼:"我现在特殊情况,你离我远一点啊。"

大师姐狐疑地打量我:"我看你也不像感冒啊。"

我赶紧清了清喉咙,假咳几声:"怎么没有感冒?我这是带病工作。"

倒是谭主任,关切地让我多注意休息。

我反倒心怀内疚。

如坐针毡的一天。

下午下班时,我故意磨磨蹭蹭等大家先走。陈主任边收拾东西,边说:"你不是感冒了吗?还不早点回家?"

我心想今天跟他真是八字相冲,没好气地说:"就是因为感冒了,才不想去挤那个晚高峰。"

大师姐搭讪道:"老陈,你那么着急回家,是想你家闺女了吧?"

"哈哈哈,是啊。"

大师姐酸道:"唉,这二胎也不是想要就能要。老陈,还是你厉害啊。"

陈主任一听这话,赶紧溜了。

我担心再坐在办公室里,大家都会来关切地让我早点回,于是我去楼下的自助购物机买了一杯鲜榨果汁。等我转了一圈上来,医生办公室里果然没有人了。

我小心地从柜子里找到我们科B超室的钥匙。我心里暗喜,生殖科的B超室独立运营,确实利人利己。

我再次确认了一遍走廊上空空如也,然后轻轻地转动钥匙孔,进入到B超室。轻车熟路地开机,我脱掉裤子,躺在了妇科检查台上。这时,我突然发现了一个尴尬的问题,好像自己没法给自己做B超。如果我躺着,则看不到显示屏;如果起身,又看不到里面的情况。我不断地在检查台上调整姿势。只能在某个瞬间,模糊地看到一点东西。只折腾了一会儿,我已经大汗淋漓。

突然,有人"咚咚咚"地敲着B超室的门。

我全身的血液往头顶上涌,不敢动弹。

外面传来大师姐的声音:"丹妮,是你吗? 我看见你的包还在办公室。"

我问道:"外面还有谁?"

"只有我——还能有谁?"

我心一横,跳下检查台打开门,低声说:"快进来,帮我个忙。"

听完我准备去香港冻卵的故事后,大师姐目瞪口呆:"梁丹妮啊梁丹妮,你真是想哪出是哪出。我就觉得今天你不太对劲,但怎么也想不到你竟然打算冻卵。"

我跟她开起玩笑来:"现在看来,我们科将会有两个女医生促排了——你说我们这算不算身先士卒?"

"你不会真的一辈子都不想结婚了吧?"

"错,就是因为我对结婚、对婚姻慎而又慎,才想到先把卵泡冻了。这样等我哪天遇到合适的人,还能给他生孩子。我香港的同学说,这叫作生育保险。"

大师姐说:"这么一说,还挺有道理。我去年做试管婴儿没成功,原因估计是卵泡老化。当时我就想,如果我早些年冻了卵泡,可能又是另外一种局面。"

我说:"所以才需要有生育保险。"

"阿姨知道这事吗?"

我叹了一口气:"你说呢?我哪敢告诉我妈?如果你家妞妞瞒着你去冻卵,你能接受吗?"

"不能!"

我苦着脸:"你作为一个生殖科医生都不能接受?"

"对,不能。赶紧躺上去。"

我乖乖地躺了上去:"哎,为什么不能?"

"原因很复杂。我还是倾向于早点结婚,然后怀孕生孩子。"

"我这不是没遇到合适的吗?"

"我理解你的行为,但并不支持。"

"好,这个理由我能接受。怎么样?卵泡排掉没有?"

"……躺好……对……屁股抬起来一点……嗯……能看到黄体,还有一点盆腔积液……卵排掉了。"

大师姐麻利地抽出B超探头,坐在机器前打印结果,问:"你的血值抽了没有?"

没等我回答,她突然哈哈一笑。"你今天早上抽的是四项激素吧?"

我苦笑:"是啊,结果还被大家认为是神经病。"

"我看你就是。拿来。"

"我自己会看结果。"

"医者不自医。拿来——"

我乖乖地把结果递上去。

"嗯,各项指标正常。今天打一针降调,等着十四天后促排吧。"大师姐突然说,"哎哟,我们科的药管控那么严,想个什么由头给你拿药呢?"

我贼兮兮地笑道:"药,不用担心。我自己从香港的医院带回来了。香港对病人的管理没有我们严格,药品可以事先发给病人,护士还会教病人怎么打针。"

大师姐啧啧赞叹不已,末了叹一口气。"不过这种做法,我不太认同。就算我们医院同意病人可以直接拿药回去,我也不放心病人自己打针。万一打错位置怎么办?有些药品,比如笔式的普利康,别说病人了,有些社区医院的护士也未必会打这针。病人自己带回去,如果用量用错了怎么办?消毒不合格怎么办?存储条件不合格怎么办?这都影响药效啊。"

我笑道:"你还真是操心的命。我这才说了他们的一个做法,你就担心这担心那的。"

大师姐也笑道:"不操心能行吗?每一个环节都管控到了,还有病人自作主张。比如你,我第一次见有人自己给自己做阴超的。刚才幸好我没有直接开门进来,不然还以为你在干吗呢。"

我哈哈大笑:"以后在你面前没有隐私了。"

"病人在医生面前,能有什么隐私?"

"记得回去打降调针。"

"每天两个鸡蛋。"

"多吃蛋白质含量高的东西。"

"多吃蔬菜水果。"

"……"

"你别跟科里的人说。"

"知道。"

大师姐一路跟我唠叨降调和促排期间的注意事项,似乎忘记了我也是生殖科医生的事实。想到接下来的二十多天,既要瞒着科里其他人,还要接受她的轰炸,我顿时觉得头大起来。

2月3日

生育保险

上午6点30分。

我已经躺在了B超室里的检查床上。

"怎么样?"我问道。

"挺好,降下来了,没有发现大卵泡。基础卵泡14个,最大的一个6mm,无积液,无囊肿。"大师姐擦擦手,递给我一张单子,"你的激素六项我已经开好了。"

"你对我怎么那么好?"

"去去去,少跟我油嘴滑舌……"

B超室门口传来敲门声。"谁在里面?"

大师姐低低诅咒一声:"该死的老陈,来这么早。"

我朗声说道:"我们啊,还有谁? 在换衣服……别进来。"

陈主任的声音透出一丝狐疑:"你们为什么在B超室里换衣服? 还有,天那么黑,你们为什么不开灯呢? 我在门外听着里面有窸窸窣窣的声音,还以为是什么人鬼鬼祟祟地在里面……"

我起身穿戴好,打开门。"你管得也太宽了。"

陈主任说:"两位美女,吃早餐了没有? 我请你们吃去。"

我看了大师姐一眼,大师姐说道:"老陈,我跟你去吃。"

"小梁呢?"

"嗨,你管她?年轻人已经吃过了。"

我揣着化验单,走到电梯门口,按下了向下键。"叮"一声,陈主任和大师姐也过来了。陈主任拍拍我的肩,说:"小梁,走,一起去吃早餐。"

"都说了我吃过了。"

"再吃点。"老陈简直锲而不舍。

"老陈,你怎么越来越啰里吧唆了?哎,你媳妇最近怎么样?你家娃晚上哭闹不?"大师姐连珠炮似的问道。

"就是哭闹得厉害,根本睡不好。一大早不到6点,我就醒了,我还奇怪呢,你们俩为什么也那么早?"

早上电梯人少,眨眼间就下到二楼。我一溜烟蹿了出去,不再理会陈主任在后面乌拉乌拉。

两个小时后,我在二楼的检验科机器上拿到结果,看到各项指标已经降到预计范围内,相当满意。

微信里收到一条大师姐的信息:果纳芬,150个单位。注意身体。

我心里涌过一阵暖流,看来大师姐在系统里已经查到我的检查结果了。这时,手机突然振动起来,屏幕上显示"母后",我接起电话:"喂,老妈——"

"梁丹妮!"老妈怒气冲天的声音从电话里传来。我心里咯噔一下,从小到大,她只有怒极的时候才会连名带姓地叫我。

生育保险

"你老实说,去年年底你去香港到底干什么去了?"

"我还能干啥,开会嘛。"

"开会?!开会你签什么冷冻卵子协议?"

还没等我狡辩,老妈又说:"冰箱里的药又是怎么回事?一开始我还以为是你病人的药。我还纳闷,病人的药,你干吗带回家?现在看来那个什么果纳芬……重组人促卵泡激素,也是你用的吧?"

"老妈,你听我解释……"

"你是得好好解释。大姑娘家家的,怎么也做起试管婴儿来了?还跑到香港去做!"

"我没做试管婴儿,回家我跟你好好解释。我现在上班,有病人还等着我……"

还没等我说完,那边"啪"一声便挂了电话。

我苦笑,这才促排第一天,老妈就发现了。

有点麻烦。

下了班我一刻不敢耽搁地往家赶,心里不住地盘算应该怎么跟老妈说,她才能接受这件事。

我打开门,看见家里光线昏暗,老妈阴着脸坐在客厅沙发上。

我挤出一个笑容,按了吊灯开关:"怎么不开灯?"

老妈一声不吭。

我惴惴地坐在沙发一角。

老妈突然抹起了眼泪,声音哽咽:"妮妮,我怎么都想不明白……你干吗要自己找这个罪!"

我一路上千想万想,已经做好准备,打算无论老妈怎么说,我都不顶嘴——横竖冻卵这条路势必是要走下去了。唯独没有想到,老妈竟然哭了。

我有点慌神,她一哭,我鼻子也有点酸:"妈,我也是没办法,没遇到合适的人……"

"什么叫没办法?女人很重要的一件事,就是婚姻!你自己看看,去年这一年,我、我的熟人、你爸、他的熟人,给你介绍了多少人?你呢?总是横挑鼻子竖挑眼。这个,你嫌人家年纪大;那个,你嫌人家不大方。有一个大学老师,人多好啊,你不要别人,那天我听说,人家现在已经结婚啦!老婆都怀孕啦!"

一提到这些相亲对象,我就满肚子火气,语气也变得激烈起来。"你觉得好,那是你觉得!我不觉得他有什么好!我看你根本就不关心我的幸福,你就是觉得我一直没结婚让你没面子,在你那些老姐妹面前脸上挂不住。我看你巴不得把我嫁出去,只要是个男人愿意娶我,你分分钟把我推出去!"

老妈声嘶力竭地带着哭腔大吼:"梁丹妮!你说这话过不过分!我是这样的人吗?"老妈的眼泪唰一下如暴雨般落下,双肩抖动不已。

我突然意识到刚才那话说得有点过分,忙道:"妈——我不是那个意思……"

老妈只是坐着哭,一张接一张地用抽纸擦着眼泪。

我讷讷地开口:"我可能确实比别人挑剔,要不当年肖然跟我求婚,我也就答应了。当年说是去香港念书,其实我也知道,我就是不想结婚。不是他不好。我也不知道为什么,无论遇到什么人,我总是能挑出别人一堆问题。无论怎样,我就是下不了决心。"

老妈泪眼婆娑地说:"你没意识到,这是你的问题吗?"

我一咬牙:"对。是我的问题。我就是逃避婚姻,就是不想结婚。"

"别的女孩都不逃避,你为什么逃避?"

"我为什么?"我紧紧盯着老妈,"因为你和爸爸的婚姻。"

老妈脸色一变:"两码事。你不想结婚,跟我和你爸的事有什么关系?!"

我索性今天把话说透:"当年你跟爸爸离婚,我真的想不通。爸爸那么好的一个男人,在外面,怎么可能会有人呢?像爸爸这样的男人都不能从一而终,这让我对婚姻,真的没有什么信心了。想到婚姻,除了绝望还是绝望。妈,你知道来我们科看病的女病人,来移植冻胚的时候,我们科为什么要求她们带上结婚证,且夫妻双方都要到场吗?"

老妈静静地看着我。

"因为在她们从取卵到移植冻胚的那两三个月,很多男人出轨了,或者等不了了,非要离婚。"

"那只是个别。你就是在医院看到太多不正常的事情了,才有这些稀奇古怪的想法。"

"你不觉得婚姻真的很脆弱吗?"

老妈愣了一下,叹口气,说:"你下一步的打算是什么?"

"我没打算。"

"妮妮,"老妈的语气突然听上去像是在恳求我,"我今天在家查了很多资料,冻卵的一般都是女明星,要么就是国外的女人。这些人几乎都是因为忙事业所以耽误了生孩子,想着以后有机会再怀孕才冻卵的。你说老实话,你真是打算一辈子不结婚了吗?你真的打算冻卵,然后去精子库随便找个男人的精子,当孩子的爸爸?我今天早上收拾房间看到你的冻卵协议,上网查了这些资料,真是越想越后怕,连午饭都没有吃下。"

"妈,我什么时候说过一辈子不结婚,要去精子库随便找男人生孩子了?"

"你一向的表现……你刚刚还说你就是逃避婚姻!你不去精子库找男人生孩子,那你冻卵干什么呢?"

我又给老妈普及了一遍"生育保险"的概念:"女人的子宫比卵巢衰老得慢。所以,一个四十多岁女人的子宫,如果生理上正常的话,怀孕完全没有问题。但是,一个四十多岁女人的卵巢却已经老化了。她可能不能产生正常的卵子。"

"就你道理多。我还是没有明白,那你冻卵了,以后如果结婚生孩子,肯定会做试管婴儿吧?唉,多受罪啊……"老妈又抹起了眼泪。

一看到她哭我就心软。

"你就当我这次就是买一份'生育保险'。如果我能遇到合适的人,比如说我特别喜欢的,我怎么挑剔都能满意的人,那我也会结婚的。至于精子库的男人……老妈,你要这么想,我连找一个老公都千挑万选的,怎么可能会闭着眼睛给自己的孩子随随便便找一个爸爸呢?"

老妈破涕为笑:"死丫头,好像有点道理。你这丫头,主意太大。那么大的事,也不商量一下。你爸知道吗?"

我没好气地翻了个白眼,说:"他怎么可能知道?"

"死丫头,现在你到哪步了?"

"估计还有十几天就可以取卵了。"

"那么快!哎……"

"一开始打针就很快。最近我要养卵泡,老妈给我多做点好吃的。"

"真是拿你没办法。"

晚上临睡前,突然想起今天小师妹跟我说的话。

"你猜我今天孕检遇到谁了?你前男友的老婆。天哪,你不知道她肚子大成什么样了。巨肚!从没见过那么大的肚子。她个子又小,整个肚子撑得她走路都很困难了,像一个快爆炸的皮球。她脸色也好差,满脸的痘。我看着都难受。今天看到她,我就提醒自己,一定不能吃太多……"

听说了刘芸的现状,也不知道为什么,一种隐隐的担心弥漫上心头,挥散不去。

2月5日
和解

中午快下班时,爸爸来科里找我,说:"去一个方便说话的地方。"

从医院北门出来,向东有一个大商场,到那里需要穿过一条狭长逼仄的街道。没想到好久没来,这条街已经被各种小贩占领了。本来路就狭窄,路上再摆着烤鱿鱼、鲜花、爆米花、八卦算命的摊子,更是拥挤不堪。

我们深一脚浅一脚地往前走。

我们去了一家西餐厅。这家店的菲力牛排是我的最爱,肉质鲜嫩,口感很棒。爸爸点了西冷牛排,八成熟。

我忍不住笑出声,说:"爸,西冷的嚼口太好,你还要八成熟,估计不会好吃。要不你还是跟我一样吃菲力吧。"

爸爸哼了一声:"别把你爸想得太老,我牙口好着呢!"

虽然大概猜到我们一定会谈到冻卵这个尴尬的话题,但两人只管东拉西扯地聊着,我汇报我的工作,他跟我说着他单位里的林林总总。我心里暗笑,只要你不提,我也不提。

爸爸向来不是一个直截了当的人。记得小时候,他在电话里热火朝天地闲扯了半小时,突然说:"哎呀,兄弟你好像打错了。"

牛排来了,铁板上"吱吱"地冒着热气,我把一小碟黑椒汁淋在上面。

爸爸突然说道:"妮妮,你妈妈跟我说了你去香港的事。"

原以为说到这事他会大发雷霆,对我劈头盖脸一阵骂,没想到爸爸的语气一如既往地平缓温和。我讷讷道:"爸爸——"

"你妈妈跟我大吵一架。她说,都是因为我们当年离婚才让你对婚姻那么恐惧。"

他一边给我倒着西柚汁,一边说道:"如果真的是这样,爸爸跟你说句对不起。当年……我确实没有处理好。不过,在这件事情上,我倒是支持你。结婚确实不能草率。婚姻,很难。就算两个人带着浓烈的爱情步入婚姻,也可能被生活的鸡零狗碎拆散。"

"你和妈妈呢?当年是因为什么结婚,后来又因为什么离婚的?"一说到这个问题,我的情绪控制不住地有点激动,"你后来找了那个女人,是不是嫌弃我妈不够年轻漂亮?"

"妮妮……"爸爸艰难发声,"我跟你妈妈,不管你相信不相信,也是有过爱情的。"

"后来呢?"我尖酸地质问,"你遇到个更年轻的,就没有爱情了?"

"妮妮,别那么残忍。如果有一天你步入了婚姻,就会懂得:在每一段婚姻中,都有一个点,那个点如果能越过去,婚姻就能够扬帆远航，一路畅行；越不过，婚姻只能触礁搁浅。我和你妈妈就是到了一个点，越不过去……

"你去香港这件事，你妈其实让我反对，但我没有反对。为什么？可能是因为我骨子里认同，觉得你做得对。可能……虽然作为你的爸爸不应该这么劝你，但是，正因为你是我的女儿，我才想告诉你，世界上很多事情可以将就，但是结婚不能。结婚可以有一百种理由，但年纪到了，不应该是其中一种。我今天为什么找你，因为我担心，你是因为害怕婚姻破裂，才不敢去尝试，不敢去爱，不敢去选。如果是那样，爸爸当年真是错得太严重……"

我喉咙发紧，眼睛发酸。那么多年过去了，没想到是在这种场合下等来了他的道歉。我更没想到，世界上最理解我的人竟然是我的爸爸。

我说："爸，你放心吧。我就是因为不想凑合，才必须去香港——也是不想让自己留遗憾。我就是怕，万一这几年，我无论如何都遇不到合适的人，怎么办？万一哪一天，我还想当妈妈怎么办？手术你就放心吧，全麻，没什么痛苦。我自己都经常给病人做。只不过现在政策规定，未婚女性不能在医院冻卵，才想到去香港。"

爸爸摇摇头："合适的人，不会遇不到。一定能遇到。"他说我去香港应该早点告诉他，这样可以早早办好港澳通行证，到时候陪我一起去。

换以前，我一定会酸他，说那你的小女儿可怎么办呢。今天的我,把这句话跟牛排一起吞了进去。

我们吃完饭后,爸爸把我送回医院,非要在院门口帮我买一堆又贵又难吃的水果。我注视着他融入人流中的背影。因是冬天,大家穿得不是灰就是黑,他身上那件黑色羽绒服好像还是去年的那件,领口帽子翘起一截,露出洗涤多遍的痕迹。他白发萧萧,走得又快又急,没有注意人行道上的坎子,趔趄了一下,又急急往前走。

我的喉头有点发紧,转身回到门诊大楼。

2月10日
做的哪门子的实验

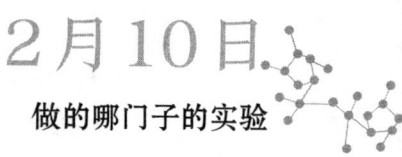

最近老妈又开始插花了。上次的过敏原被查出来了,原来是香泽兰。

她一大早起来一边哼着《月亮代表我的心》,一边伺候她的花花草草。

"妈,我明天要过关去香港。"

老妈的歌仍然在哼着,朝我摆摆手:"姑娘大喽,管不了喽。"

到了科里,我打开保温杯,里面又是香甜的黑豆豆浆。我不禁乐了,自从知道我开始促排,她每天早上起来"轰轰"地操作机器,非要把豆浆装到我的杯子里才放心。

刀子嘴豆腐心。

到目前为止,我和大师姐的地下工作做得挺不错。整个促排期间,我们在黑灯瞎火中做检查,瞒天过海地开单子,在挑战惊险与刺激的过程中,我与她的革命友谊更上了一层楼。

今天,是我打促排卵针的最后一天。

大师姐把我的B超单子递给我,上面赫然写着"可见卵泡15个,18mm以上的12个,大小分别是……"长长的一串数字。

"你现在肚子难受吧?"

我轻轻摸了摸肚子:"是有点胀胀的。"

大师姐说:"上楼下楼走路什么的,自己小心一点。你这次去香港得多待几天吧?请假了没有?"

我告诉大师姐,我打算先斩后奏,明天开始装病。顺便拜托她,如果我的病人来了,帮忙盯一下。

大师姐吐槽道:"你个丫头就知道坑我。话说你还有多少病人没'毕业'的?"

我翻开文件夹,一个一个地给大师姐介绍:"喏,这个女老师,多囊的,还有两周就毕业了……这个,人工授精的,刚满一个月……"

今天上班后,梵娜给我们科每个医生都买了一大束百合。今天,是她移植后的第九十天。经检查,她的小宝宝一切正常。

她终于从我们生殖科"毕业"了。

梵娜说:"谭医生,我以后真的不能再来你们这里看病了吗?不知道为什么,想到再也不用来这里治疗了,我心里还有点舍不得呢。"

谭主任乐呵呵地说道:"怎么?还不想毕业啊?你已经三个月了,该去楼下看产科医生了。"

我们科的病人就是这样。大部分病人,来的时候苦大仇深,走的时候笑容满面。

我也混在人群里乐呵。谭主任朝我招招手:"小梁,你过来。"

我跟着谭主任到了他的专家办公室:"主任,什么事?"

"小梁,你是不是最近要请假?"

我吓了一大跳,主任难道能够未卜先知,妈呀,太可怕了。我顺着杆子往上爬,"我最近还真的有点不舒服。"

谭主任指着我:"小梁,你不老实啊。对了,还有一个人,更可恶……"

过了一会儿,大师姐也进来了。

我一看,完了完了,事情败露。

大师姐一看这架势,马上说道:"谭主任,你别怪小梁,我们俩就是做个小实验。"

谭主任说:"做实验?!你们做的是哪门子的实验,倒是说说!"

我一看纸包不住火,索性承认:"主任,我最近确实在促排。不过,您怎么发现的?"

"怎么发现的?我最近让罗护士长整理这一年的病人资料,竟然发现里面有'赫赫有名'的梁医生!而且还是我们科的另一个医生开的单!真是胆大包天啊。我没声张,今天把你们俩叫来问问,到底怎么回事?"主任指着大师姐,"我记得不是你在促排吗?怎么回事?她要把卵泡送给你?"

我和大师姐简直哭笑不得:"我们哪儿敢知法犯法啊!"

"那到底是怎么回事!"

我把前因后果娓娓道来。谭主任彻底地被惊到了,突然反应过来:"这么说来,你上次说去香港开会,其实也是去做冻卵的准备?"

我无奈,点点头:"本来想从明天起装病来着,既然您问到了,干脆批我几天假吧。"

谭主任指指大师姐:"你也是胡闹!这事也瞒着不报。幸好血值检查是检验科在做,如果是我们科做,我看你们俩还打算全部自产自销!医疗的规范去哪儿了?医生的操守去哪儿了?"

谭主任又指指我:"还有你!觉得自己很酷是不是!是,冻个卵泡很简单。但是,你有没有考虑过你父母的想法?在本该结婚生子的年纪,为什么要去冻卵?"

我委屈地说:"我这不是一直没遇到Mr.Right(对的人)吗?"

谭主任摇摇头:"太理想主义啊。世界上制定了人工生殖法的国家和地区有五十多个,但是大部分国家和地区都限定,必须是已婚夫妇才能使用人工生殖手段。为什么?你有没有想过?冻了卵的女性,打算什么时候生孩子?四十岁以后吗?所以,当她们快六十岁的时候,这些冻卵女性会同时面对精力不济的自己、青春期叛逆的孩子、垂垂老矣的父母。这是什么?这是违背自然!这是逆天而行!"

我忍不住反唇相讥:"谭主任,您有没有考虑过,医疗机构禁止给健康的单身女性实施人类辅助生殖技术,本身就是对女性的一种歧视。比如,我们科有的病人,好不容易取了卵,配成了胚胎——有的配得还很好,八细胞的——但是在这个过程中,两个人离婚了,这些女病人想移植也不能给她们移植。您难道不认为这对她们来说很不公平吗?"

谭主任的口气缓和了下来:"规定之所以存在,自然有它的道理。就算是在台湾、香港,单身女性可以冻卵,但是并不允许单身女性解冻卵子、借精生子——必须是合法夫妻。所以说,如果没有结婚,卵子也只能冰封在零下196摄氏度的液氮罐里,不能复苏。"

我不服气地说:"是啊。为什么?"

"为什么?为什么夫妻离婚了,有冻胚也不能移植?为什么丈夫去世了,有冻胚也不能移植?我来给你解释为什么必须是夫妻双方都在才能移植。因为胚胎可以发育为人!因为胚胎就是个人!是人就应该享有一定的伦理地位!是人就应该被尊重!一个幸运的胚胎会发育成为孩子,而一个孩子,不仅需要母亲,还需要父亲!"

谭主任说完,我怔怔地半天没说话。

大师姐打着圆场:"好啦好啦,你们两个生殖医学的博士,辩论也辩论了,教育也教育了。要我说,谭主任,您就给丹妮批个假吧。她这一肚子卵泡,胀得也怪难受的。按照规定,我们又不能帮她取。您想想,至少我们俩挺守规矩,本来完全可以假公济私,悄悄在我们科冻卵的,但是她自觉遵守规定,花一大笔钱,去香港冻卵。你看我们的操作多么符合《人类辅助生殖技术规范》啊。"

谭主任被大师姐几句话说得乐了起来:"我说过不同意给她批假吗?这么说我是不是还得给你们颁个奖?"

我和大师姐赶紧溜之大吉。

下午下班前，我把近段时间在科里做的各项检查结果扫描，打包后发给了Linda。我想了想，又抄送了一份给Ben。

促排越到后期，小腹越胀得难受。我把手轻轻放在小腹两侧，这哪是一肚子的卵泡，简直是一肚子的炸药包。我看了看表，要不今天到点就回家？晚上要打最为关键的夜针。我心里琢磨起来，我的夜针时间应该是几点？夜针方案应该是什么？不知道Ben的安排会不会跟我一样呢？

大师姐准备下班了，她朝我一点头："你也早点回家，顺利啊。晚上需要我的话，随时联系。"

小师妹凑过来说："顺利什么？还随时联系？你俩最近关系好得真是让我嫉妒。"

我笑笑说："相亲顺利，相亲顺利。"

所有文件收拾完毕，办公桌也整理了一番，我准备回家。这时，手机在桌面上振动起来，我接了起来。手机里传来肖然焦躁不安的声音："丹妮，你还在医院吗？刘芸在你们医院的ICU（重症监护病房）。"说到"U"，他的声音哽咽了。

2月10日

信

没想到再一次见到肖然,是在我们医院ICU的门口。

肖然头发乱蓬蓬的,两眼通红,明显哭过。

他旁边靠着一个大爷,消瘦而憔悴,一双棕褐色的眼睛深陷在眼窝里,脸上有很深的皱纹,头发灰白而蓬乱。估计是刘芸的爸爸。

刘芸怀孕后期发生妊高症,双胞胎又进一步加重了她身体的负担,在三十八周时,血压、肝脏、肾脏全线告急。今天下午,我们医院产科紧急增加一台手术,抢救出了她的一对儿女。而她自己,仍然在昏迷中。

肖然的声音低沉中带着哽咽:"她太傻了,有妊高症还在硬撑。家里只有我跟岳父,两个男人都太粗心了,没有发现她不对劲。我今天签了无数张同意书,同意入住ICU,同意气管插管及机械通气治疗,同意持续镇静镇痛治疗,同意心外按压和电除颤……我现在手都在抖,不知道还要签多少字……如果知道是这个样子,我可能不会同意她生孩子……"

我不知道该怎么安慰肖然,在他旁边慢慢坐下。

肖然红着眼递给我一封信,示意我拆开。

我打开信封,里面有一张信纸,还有一张胚胎照。我缓缓展开信纸,一席娟秀的字映入眼帘。我看了肖然一眼,他点头,我默默读了起来。

亲亲宝贝:

2013年1月4日开始,我就在等待你们的到来。

那一天,是妈妈跟爸爸结婚的日子。从那一天起,我开始兴奋地幻想我们一家四口的幸福生活。

可是,妈妈小时候的那场车祸,不仅让妈妈永远地失去了自己的妈妈——你们的外婆,也破坏了你们在妈妈肚子里住的小房子。妈妈为了让你们能够住得舒服,请了很多医生叔叔阿姨来帮忙修补小房子。

那个时候的妈妈,完全不知道,你们是否可以来到这个世界。妈妈也不知道,是否有朝一日可以把你们抱在怀里。如果努力、盼望、深爱、坚持能够让你们在我体内生根发芽,你们早就应该住在妈妈肚子里了。

妈妈开的是一家影楼,许多叔叔阿姨会来妈妈店里照相。有时候,阿姨们会一脸幸福地告诉妈妈,说她们的宝宝已经来了。还有的叔叔阿姨,会牵着、抱着自己的小宝宝来照相。妈妈经常在笑着祝福他们的同时,背过身子,偷偷地抹眼泪。请你们原谅妈妈的小气、脆弱、敏感,也原谅妈妈,曾经有一段时间,对你们的到来,已经完全丧失了信心。

爸爸妈妈认识的一些叔叔阿姨，也会时不时问起你们。虽然问的人只是随口一说，我们却不知道该如何回答，天知道，我们多想你们快快来到这个世界。他们对妈妈的处境，总是疑惑中带着同情，可能妈妈真的是一个敏感的女人，时时觉得，有些人是真正的关心，而有些人只是幸灾乐祸，想要从中找到妈妈和爸爸不和的蛛丝马迹。

似乎在一夜之间，所有人都变成了造人专家。有人建议爸爸多吃牛肉，有人建议妈妈多喝豆浆，有人建议妈妈跳绳，有人还要把她用不完的卫生用品送给妈妈，说是可以带来"好孕"。越来越多的人在给爸爸妈妈提建议，越来越多的建议让爸爸妈妈疲惫不堪，不知如何应付。

妈妈变得不想出去见朋友、见同学，甚至连看微信里的朋友圈，都需要鼓起勇气。那段时间，妈妈真的很小气，看到别人的妈妈晒她们的宝宝，会伤心很久。心里想着，亲爱的宝宝，你们到底还要多久才能来呢？

爸爸妈妈放下了所有的骄傲和自负，再一次寻求医生的帮助。这一次，我们运气很好，遇到的医生阿姨是你们爸爸的朋友——梁医生。梁医生非常耐心、负责，我第一次见到她，直觉她一定能够帮助到我们。在你们到来之前，我见了她很多次。每次见到梁阿姨，她都会给我进行治疗。虽然每次来医院，妈妈都会受一些苦，打一些针，做一些检查，但是妈妈比以前任何时候都要开心，因为我知道，亲爱的宝宝，妈妈离你们又近了一步。

在她的帮助下，你们两个小乖乖，终于在去年5月26日跟我见面了,就在梁阿姨她们医院。医生阿姨在把你们放进妈妈肚子前,在显微镜下给你们拍了一张照片。想来这应该是你们最早的照片了。

照片的标题是"胚胎移植图片",女方名字:刘芸,男方名字:肖然。喏,这就是你们爸爸妈妈的名字。在照片中间,两个八细胞的胚胎像两朵饱满的八瓣小花,花瓣上还带着晶莹的露珠,真是可爱! 这就是小小的你们。在见到你们的一瞬间,我就爱上你们了。我拿着你们的照片,每天对着傻笑,虽然照片上只是两朵小花,但我看出来了,你们在对着我微笑。

你们的爸爸说我疯了,我也不理睬。有天我发现,他也复印了一张照片,偷偷夹在他的书里。看来,发疯的人不只是你们的妈妈。

爸爸妈妈终于不再讨厌朋友圈里晒宝宝的叔叔阿姨了。因为如果连一张小小的胚胎照片都会让我们这么高兴,可以想象,当一个活生生的小人出现在面前时,又有什么理由不高兴呢!

如果说以前我还不能确定是否可以把你们抱在怀里,那么从那天看到你们两个乖乖的照片后,我坚信,妈妈一定会见到你们! 妈妈郑重承诺,接下来的几个月,无论妈妈还要吃多少药,打多少针,受多少苦,也一定会把你们带到这个世界上来。

妈妈又开始幻想我们一家四口的美好生活了:等你们出生后,我会带着你们去妈妈长大的地方,在那里,有湛蓝的天空、清清的河水。夏天,你们可以在那里捉小鱼、游泳,我们到时候放一个西瓜在河里,过一会儿切开,又香又脆又甜,美味极了。除了老家,妈妈还要带你们去妈妈去过的所有地方,还要带你们去妈妈从来没有去过的地方。

你们知道吗,当妈妈在写这封信的时候,仿佛已经看到你们两个小家伙在路上顽皮嬉闹的样子了。妈妈还给你们买了一箱子的故事书,现在我就开始看,等到你们能够听懂了,妈妈就给你们讲很多很多的故事……

在你们住进妈妈肚子里第四十五天的那个早晨,医生阿姨要检查你们两个的小心脏长好了没有,看看你们两个小人是不是像两棵小豆芽一样了。在那天,妈妈好紧张,因为妈妈在医院里遇到过很多阿姨,她们就是在那一天彻底失去了她们的小宝宝。谁知医生阿姨一检查,轻轻松松地就看到你们了。医生阿姨说,你们的心跳很有力,很健康。妈妈高兴坏了,你们两个宝宝,真的好乖。

从你们第四个月起,妈妈每天都会躺一会儿,静静地感受你们的存在。有时候,你们两个小人动得很厉害,爸爸都会吓一跳,他猜,你们两个是不是在里面打架呢。

直到最近这一个多月,你们两个越长越大,妈妈也感到身体有点疲惫,手和脚都肿了起来,晚上睡觉也不能躺下去。但是妈妈不担心自己睡不着,妈妈只担心,你们在小房子里住得是不是不舒服了,要提前来到这个世界。

妈妈不敢告诉你们的爸爸和外公,怕他们担心。妈妈一个人偷偷去了医院,医生叔叔说,最好让你们提前出来。可是,妈妈担心啊,因为现在还太早。妈妈听说过,有的宝宝提前出来得太早,结果在这个世界上只待了一会儿就回去了!

妈妈不能够,也绝不允许这件事情发生。一辈子胆小谨慎的妈妈,打算自私一次,冒险一次,让你们多在妈妈的肚子里待一段时间。因为只要你们在妈妈的肚子里多待一天,你们来到这个世界上时就能多一分安全。

亲亲宝贝,你们继续乖乖地待在妈妈的肚子里面,妈妈等待你们的到来。

永远爱你们!

芸妈妈

我的眼泪涌了上来,悄悄揩掉,刘芸这女人怎么那么傻!

我把信还给肖然,宽慰他道:"你和叔叔也别太担心了。你们要相信,刘芸有这么强烈的求生意愿,她会醒过来的。"

这话说完其实我也没有底。想到明天还要过关去香港,回家还要打包东西,我实在不敢久坐。我匆匆塞给肖然一千块钱,说:"给刘芸和两个宝宝的。现在这时候,你们一定要冷静。你们能做的,就是要好好配合医生的治疗。要相信,刘芸不会有事。"

肖然收下了,说:"谢谢你,老同学。"

我想,在这几个月他们的治疗中,我和肖然真的和解了,我们真的只是老同学了。

挺好。相逢一笑泯恩仇。

晚上8点,我收到了Ben发来的电邮,告知我HCG针的方案和时间。看来今晚要熬夜了。我怕睡过头,索性拿出最新的《生殖医学杂志》看了起来。看了一会儿,竟然轮番接到了大师姐和谭主任的电话。原来这俩人都在担心我,他们研究了我的激素水平和B超记录,生怕我错过夜针时间。

大师姐问:"你自己打针搞得定吗?别又像上次B超一样吓人。"

"你太小看我了。我们念医学院时,就能给自己打针了。除非,你对我的翘臀念念不忘。"

大师姐在电话那头笑骂我:"我自己又不是没有臀大肌、臀中肌、臀小肌,你那几块肌肉凭什么让我念念不忘?"

谭主任则很严肃,把今天下午的车轱辘话又说了一遍,末了告诉我,准我假一周。"你明年不要再想休哪怕一天的假了,我告诉你。"

我立马在电话里保证,别说明年了,三年之内我都不休一天假。

熬到半夜,终于给自己打了最为关键的一针。我小心地躺下去,门缝里透过来昏黄的光,那是老妈的卧室发出的。过了一会儿,光灭掉了。

我心里不由自主地涌起一丝内疚。

2月11日

尾声：八细胞的承诺是什么？

早上醒来，小腹坠胀的程度达到历史新高，走路、翻身、上厕所，每件事情我都做得格外小心，生怕功亏一篑。

老妈一大早一边给我准备早点，一边开启了她的碎碎念模式：冻卵这事你如果不瞒着我，我还能办了港澳通行证跟你一起去。可你这死丫头，非要瞒着我，现在弄得我想跟你过去也来不及了。我在网上查了，取卵有很多风险的，你说明天你要是麻药没醒过来怎么办？或者你麻药醒过来了，腹水难受怎么办？到时候你一个人孤零零地在香港，我又只能在这里干着急，这哪能让人放心……

老妈佝偻着背把早餐一样一样端上桌，煎鸡蛋、肉丝面、现磨的豆浆、洗好的蓝莓、切好的脐橙。她嘴里还在念叨着，怎么都觉得最近我吃得太少，说什么做这个事情多伤身体，不补补怎么行，这补不补得回来也不知道……

我心里默默叹了一口气。母亲真是最平凡又最伟大的事业，它让人殚精竭虑，呕心沥血，几十年如一日不知疲倦地照顾自己的孩子。

在去机场的路上,我收到了肖然发来的短信。刘芸已经脱离危险,今天可以转入普通病房了。我长舒了一口气,真心替她感到高兴。付出了那么多的努力,她终于能够亲眼看一看她的孩子,并把他们抱在怀里。

她理应如愿。

老妈一直送我到机场,直到我过了安检。我走出几步回头,发现她仍然站在原来的位置,朝着我的方向看。她的眼神还是一如当年,担心、期盼、不舍。那是我熟悉的,从小到大看惯了的,化不开、冲不淡、扑不灭的深情。这是这个世界上最爱我的人看向我的眼神。

老妈发现我在看她,朝我挥了挥手,意思是让我赶紧登机。我转过身子,突然热泪盈眶。对于一个女人来说,成为一个母亲到底意味着什么?她要相信什么?要做到什么?要放弃什么?母爱,这种总是被世人所称颂的爱,到底是什么?为什么明明那么苦痛那么艰辛,但只要孩子还在母亲身边,只要母亲还有最后一丝力气,到死都要挺下去,到死都心甘情愿?

也许是因为每一个母亲跟她的孩子都一起经历了那辛苦、奇妙、外人不足以懂得的九个多月、四十周、两百多天,一起经历了一场艰难困苦、生死攸关的生命旅程。这旅程的起点,不论是在母亲的子宫里,还是在实验室的显微镜下,都始于一颗小小的受精卵。它有八个细胞,像一朵小小鲜花,长着八瓣花瓣,最娇嫩最弱小,又最神秘最伟大。

这是一朵凝结着医生心血和家庭希望的生命之花,这是一个生命对另一个生命的承诺。

放心吧!

我在心底轻轻说道。

后 记

在网上连载这本书的时候，完全没有想到，后来会有那么多的读者。

很多读者在网上问我："你是医生吗？"

很抱歉，我的回答要让大家失望了，我不是医生。而这本书则彻头彻尾是一本小说，虽然它看上去非常像真的。

"那么——你是怎么想到写这个题材的呢？"

当时的我还没有勇气回答这个问题。时至今日，这本书距离连载完结已一年有余，回过头看，写这个故事的初衷，在于释放自己在现实生活中无处安放的情绪。

以及，通过这本书，帮助更多在孕产道路上不顺利的女性。

是的，也许你已经猜到了——我做过试管婴儿。在做试管婴儿的时候，听到了无数怀孕困难女性的故事。

生活中的许多事情，我们视为理所当然。比如，几乎每个女人在作为小女孩的时候，都曾玩过"过家家"的游戏。几乎每个小女孩都扮演过妈妈。几乎每个小女孩都曾想象过，长大后只要自己愿意，随时都可以生孩子。

但是涉及孕产，并非所有女人都是幸运的。

一部分女人,她们之前没有预料到,出于某种原因,她们无法怀孕或者很难怀孕。

女人的幸福,或多或少与她的婚姻和孩子捆绑在一起。无论出于什么原因,一个女人没有怀上孩子,她都可能会认为自己是"有缺陷的",自己是一个"不完整的女人"。

这会带来一种强烈的羞耻感。

不知道大家想过没有,是谁定义了"完整的女人"?一个完整的女人,必须结婚吗?一个完整的女人,必须不能离婚吗?一个完整的女人,必须生孩子吗?一个完整的女人,必须工作家庭两不误吗?一个女人,究竟需要做到些什么,究竟需要达到什么样的状态,才能够被称为一个"完整的女人"?

类似于"你是怎样平衡家庭与工作的?"这个问题,或许只有女人,才会面对"你觉得你是一个完整的女人吗?"这样痛楚的灵魂拷问。

历经种种,思考良多,我现在可以坦然地告诉大家,根本不存在什么"完整的女人"。"完整的女人"是一个伪命题。抑或说,每一个女人,都是完整的女人。

因为男人也好,女人也好,首先是一个人。

一个完整的生命只需要满足两点:一、出生;二、死亡。这与TA是否受到良好的教育,是否结婚生子,是否事业成功等等外在条件毫无关系。

只要一个人来到了这个世界上,TA就是完整的。

所以我给女主安排了一个看上去似乎不甚圆满的结局,也是出于这样的考量。

一个人来到这个世界上,是各种因缘和合作用下的结果。可以说,每个人来到这个世界上,都是一种偶然。

生命不是理所当然的。

生命是一份礼物。

希望每个人都能珍惜这一份礼物。

最后,感谢网友们对这本书的青睐,感谢豆瓣阅读和浙江文艺出版社编辑老师们的辛苦付出。

尤其,要感谢贵州医科大学附属医院生殖医学中心的余琦医生给予本书的帮助。

在文字中相逢,亦是一种缘分,祝各位有缘读到本书的读者顺心如意!

刀豆

2019年8月